Turas in Éadan na Gaoithe

Eachtraí Primel
ag deireadh an chogaidh

le Peter Härtling
Aistrithe ag Máire Mhic Eoin

úrscéal don fhoghlaimeoir fásta

ff

Comhar Teoranta
5 Rae Mhuirfean, Baile Átha Cliath

Bord na
Leabhar
Gaeilge
Tá Comhar faoi chomaoin ag Bord na Leabhar Gaeilge as tacaíocht airgid a chur ar fáil le haghaidh foilsiú an leabhair seo.

Foilsithe ag Comhar Teoranta,
5 Rae Mhuirfean, Baile Átha Cliath 2.

ISBN 0 9539973-7-5

Leagan amach: Daire Ó Beaglaoich, Graftrónaic
Clúdach: Eithne Ní Dhúgáin
Clódóir: Johnswood Press

Clár

CAIBIDIL A hAON

Teacht i dtír
chun imeacht arís

"Ní féidir liom siúl níos faide." Lig Bernd don dá mhála troma titim óna lámha. Bhí an ghriain go hard sa spéir. Bhí sí ag *spalpadh anuas air agus á ghortú. "Tá an *t-allas ag rith liom. Braithim cosúil le *capall uisce."

Chuir Tante Karla na málaí síos freisin "Ní bhíonn capaill uisce ag cur allais."

Bhain Bernd a chóta agus a sheaicéad agus d'fhéach suas ar Tante Karla. "Ach braithim cosúil le ceann. Seaicéad agus cóta orm sa teas sin!"

D'fhéach Tante Karla síos an sráid. Bhí roinnt tithe leagtha ag na buamaí agus ag na pléascáin. Ní raibh fágtha ina seasamh ach *ballóga. Ní raibh an chuma ar aon cheann acu go raibh daoine ina gcónaí ann. Bhí madra ina chodladh os comhair geata amháin. Ní raibh ann ach na cnámha. Ghlan Tante Karla an t-allas dá héadan agus a dá haghaidh lena muinchill "Tá fhios agat go maith nach raibh spás sna málaí do

---

ag spalpadh anuas air – *glaring down on him*
allas – *sweat, perspiration*

capall uisce – *hippopotamus*
ballóga – *ruins, roofless houses*

na headaí troma geimhridh. Beidh siad ag teastáil uainn sa gheimhreadh nuair a thiocfaidh sé."

"Nuair a thiocfaidh an geimhreadh ní rachaidh siad orm a thuilleadh." Rinne Bernd miongháire agus lígh na deora allais óna bheol uachtair. Fós níor bhog éinne. Níor tháinig éinne as teach, níor oscail fuinneog. An é go bhfuil na daoine go léir tar éis teitheadh, d'fhiafraigh Bernd de féin. "An bhfuil siad ar fad imithe?" ar sé os ard.

"Cén fáth a d'fhágfaidís an teach agus é chomh te seo?"

"An bhfuil fhios agat cad is ainm don bhaile seo?"

"Cinnte tá. Táimid i Laa an der Thaya. B'shin an *ceann scríbe againn."

"An bhfuilimid san Ostair cheana féin?"

"Tá súil agam é."

"An raibh tú anseo cheana?"

"Go bhfios dom, ní raibh. I saol eile, b'fhéidir."

Níor thaitin sé le Bernd nuair a labhair Tante Karla ar an dóigh sin. "Níl cuimhne agat ar shaol eile."

"Tá an ceart agat arís"

Faoi dheireadh bhog rud éigin ar an sráid. Rith páiste ó theach amháin go teach eile, a mháthair ina dhiaidh.

Bhreathnaigh Bernd orthu. "Is dócha go bfuil eagla orthu romhainn."

"Ní sinne na céad *theifigh a shiúil tríd an bhaile."

ceann scríbe – *destination*
teifeach – *refugee*

Go tobann bhraith Bernd an tuirse mór a bhí air. Ní fhéadfadh sé na málaí a iompar níos faide. Bhí a lamha gortaithe, stróchta. Bhí a dhroim tinn. Bhí ocras agus tart air. "Cad a tharlaíonn anois?"

"Rachaimid go dtí an staisiún. B'fhéidir go bhfuil na traenacha ag rith." Bhuail Tante Karla a bhróg lena bróg féin. "Ar aghaidh leat, a bhuachaill, nó cuirfimid síos *fréamhacha anseo."

Le bliain anois bhí Tante Karla ina máthair aige. Báitheadh a mháthair bliain ó shin agus í ag snámh san abhainn. *Theip ar a croí. Níor dhearúd sé na focail sin. B'fhíor dóibh. Tar éis dí an scéal a fháil i litir go raibh a athair taréis titim sa Rúis, d'athraigh a mháthair. Bhí an chuma uirthi go raibh sí i bhfad i gcéin ina smaointí. Ansin theip ar a croí. Ghlac Tante Karla isteach é. B'í an deirfiúr ba shine ag a mháthair í. Bhí sort eagla air riamh roimpi. Bhí sí ard agus tanaí agus gruaig dhubh lonrach ar a ceann. Bhí guth domhan aici agus chaitheadh sí brístí agus seaicéad. Dheireadh a mháthair "Tá cuma fir ar Karla." Ach ní fhéadfadh Karla fir a sheasamh. Go háirithe nuair a bhíodh éide airm orthu. "Is féidir iad a thraeneáil mar mhadraí. Ní chuirfinnse riamh suas lena leithéid" a deireadh sí.

Ní raibh seisean den tuairim chéanna. Bhíodh éide á chaitheamh aige féin nuair a bhí sé san [1]*Jugendvolk*, sna *Pimpfen*.

Bhí siad ar thuras anois agus ní raibh siad láncinnte cá raibh a dtriall. Bhí ar na Gearmánaigh imeacht ó Brünn mar go raibh na Rúisigh tar éis an bua a fháil

fréamhacha – *roots*
theip ar a croí – *her heart failed*

ar Hitler. Theastaigh ó na Seicigh gurbh acu féin amháin a bheadh a dtír féin in ainneoin go raibh Geármánaigh agus Seicigh ina gcónaí le chéile ann leis na céadta. Bhí cead aige féin agus ag Tante Karla fanacht tamall níos faide mar gur chabhraigh cara Seiceach léi. Ní raibh orthu, mar a bhí ar a lán eile, a mbealach a dhéanamh go dtí an *teorainn de shiúl na gcos. Bhí siad in ann dul chomh fada le Nikolsburg ar an traein. Ach as sin amach bhí orthu siúl thar an teorainn isteach san Ostair. Bhí siad trí lá ar an mbealach. Bhí an traein *plódaithe agus chuir Tante Karla cosc air, oiread is focal a rá. "Lig ort gur *balbhán tú. Ná lig dóibh a aithint gur Gearmánaigh sinn. Má aithníonn, tá seans go gcaithfear amach sinn ag an chéad staisiún eile." Bhí Seicis mhaith ag Tante Karla. Bhí sí chomh maith aici agus a bhí an Ghearmáinis. D'éirigh leis gan oiread agus focal a rá. Agus mhol Tante Karla é "Níor mhiste dá ligfeá ort bheith balbh ó am go chéile. Ansin ní bheadh do shíorchaint ag cur isteach orm."

Shiúil siad síos an tsráid folamh. Bhí orthu na málaí a chur síos arís agus arís eile. Thug Tante Karla faoi deara gurbh amhlaidh go rabhthas tar éis an baile a scrios ag an nóiméad deireadh. Ba chuma le Bernd. Níor theastaigh uaidh ach stad den siúl. Bhí a cheann trína chéile le smaointí éagsúla. Conas a tharla, smaoinigh sé, go raibh teach againn tamaillín ó shin. Bhí mé i mo chónaí i mBrünn le Tante Karla. Chuaigh mé ar scoil, bhí cairde agam agus anois tá sin go léir imithe. Cén fáth nach raibh cead ag Gearmánaigh fanacht ann?

teorainn – *border*   balbhán – *dumb person*
plódaithe – *crowded*

Tús Meithimh 1945 a bhí ann. Bhí an cogadh thart ach ní raibh síocháin cheart ann go fóill. Bhí Hitler marbh ach bhí daoine fós ann a cheap gur ceannaire iontach a bhí ann.

"An gceapann tú gurb é seo an tslí chuig an staisiún?"

*Chlaon Tante Karla a ceann.

"Tá tart orm"

"Ormsa freisin."

"Agus ocras freisin" arsa sé go ciúin.

Bhí an chuma ar Tante Karla go raibh sí ag smaoineadh ar slí chun é a shásamh. Faoi dheireadh arsa sí "Aon rud eile?"

"Sea. Tá tú ag tógáil céimeanna ró-fhada."

*Mhoilligh sí. Ba chosúil le míorúilt é sin, dar leis. Bhí siad ag déanamh díreach ar an staisiún. Ní raibh sé chomh mór le staisiún Brünn. Foirgneamh beag, bán le díon dorcha air, a bhí ann. Bhí túr beag ina lár. D'fhéadfadh máistir an staisiúin féachaint ar theacht agus imeacht na dtraenacha ón túr sin. Bhí an chearnóg os comhair an stáisiúin dubh le daoine. D'fhan Tante Karla ina seasamh. "Ba chóir go mbeadh fhios agam. Cén fáth go mbeadh níos lú *céille acu ná againne. Tá siad ag fanacht ar thraein."

Anois ní raibh aon rud chun í a choimeád. Bhrostaigh sí ar aghaidh go fuinniúil. Is ar éigean a bhí Bernd in ann í a leanúint. Rinne sí casán fríd an slua, na málaí ag luascadh. Choimeád Bernd taobh thiar di. Stop sí os comhair oifigeach iarnróid. "An féidir leat eolas a

chlaon sí a ceann – *she nodded*   ciall – *sense*; níos lú céille –
mhoilligh sí – *she slowed down*   *less sense*

thabhairt dom? Eolas a chabhróidh liom" a dúirt sí go grod. Bhí an t-ádh léi. D'fhéach an t-oifigeach uirthi agus dúirt go ciúin "Tar isteach san oifig liom, a bhean uasail." Fiú agus í ina teifeach ní fhéadfadh duine ach bean uasal a thabhairt ar Tante Karla.

Bhí an oifig an-bheag. Bhí *boladh céarach agus toitíní ann. Bhí sé iontach te. Is ar éigean a bhí Bernd in ann anáil a tharraingt. Tharraing Tante Karla anáil. "Jesus" ar sise de ghlór ard. Shuigh an t-oifigeach síos. Thairg sé an chathaoir eile do Tante Karla agus sheas Bernd taobh thiar dí.

"Do mhac?" d'fhiafraigh an t-oifigeach.

"Cinnte" arsa Tante Karla.

"Déarfainn, gur mhaith leat fhios a bheith agat an mbeidh tú in ann traein a fháil ag an stáisiún seo. Níl a leithéid de rud agus amchlár ann i láthair na huaire."

"Is féidir liom é sin a shamhlú" arsa Tante Karla .

"Tiocfaidh ceann uair éigin. Beidh gach rud i gceart arís." *D'umhlaigh an fear. Shuigh Tante Karla siar ionas nach mbeadh uirthi a anáil a shú isteach. "Níl aon leigheas ar an scéal mar sin ach fanacht."

Bhí féasóg ag fás ar smig agus ar bheol uachtair an fhir. "Tabhair aire do na rudaí luachmhara atá agat a bhean uasail" arsa sé "Tá *dríodar na ndaoine thart anseo.

Rinne Tante Karla miongháire agus d'fhéach amach an fhuinneog. Bhí beirt bhan lasmuigh ag féachaint isteach go fiosrach.

"Bainimid leo."

boladh céarach – *smell of wax*   dríodar – *dregs*
d'umhlaigh sé – *he bowed*

"Le do thoil, a bhean uasail."

"Fágaim fútsa *idirdhealú a dhéanamh. Orlowski is ainm dom, Karla Orlowski. Agus is é seo Bernd."

"Huber" D'umhlaigh an fear arís agus dúirt a ainm faoi thrí. Ansin chuir sé *gothaí oifigigh air féin. Tabharfaidh mé seoladh duit. Gheobhaidh tú bia ansin ón gCros Dhearg agus b'fhéidir go mbeidh seomra acu díbh."

D'éirigh Tante Karla. "Go raibh maith agat" arsa sí

Bhí an t-oifigeach tar éis eirí freisin. "Níl sé i bhfad uainn. Tá an chistín sa *tsiléar."

D'oscail an t-oifigeach an doras dóibh agus dúirt go híseal "Ba choir díbh fanacht gar don staisiún i rith an lae. Ní bheidh morán fógra ann faoi na traenacha más ann dóibh."

Fuair siad teach na Croise Deirge agus an chistín sa tsiléar gan dua agus cuir na mná a raibh banda na Croise Deirge ar an lámh acu fáilte rompu. Ach ní raibh Bernd ar fónamh. Bhí a chosa trom agus a lámha stróctha go dona tinn. Bhí an t-allas ag sileadh síos ar a sheaicéad agus ar a chóta.

Chuir duine pláta ina lámha. "Suigh síos ach ith go mall" Ní raibh an anraith ach bogthe agus bhí blas plúir dhóite air.

Bhí na daoine fásta ag caint ós a cheann.

"Cad as díbh?"

"As Brünn"

"Cén fhad atá sibh ar an mbóthar?"

---

idirdhealú – *distinction*
gothaí – *appearance, pose*

siléar – *cellar*

7

"Trí lá"

"Agus an buachaill óg" arsa siad "An buachaill óg?"

Níór thúisce an anraith, nó pé rud a bhí ann, thíos ina ghoile ná gur tháinig sé aníos arís. Níor fhéad Bernd ach a bhéal a oscailt agus cromadh – tháinig an stuif amach ina leite goirt ar an talamh cloiche. Agus níor bhraith sé aon tinneas.

"Ach, a thiarna" chuala sé

"D'ith sé ró-thapaidh" arsa bean amháin

"Ní hea" arsa bean eile "níl ann ach nach bhfuil go leor ite aige le tamall"

Chrom Tante Karla síos in aice leis agus chuir a lámh faoina smig "Ta rudaí níos measa ann" arsa sise. Is minic a dheireadh sí é sin nuair a bhí rudaí go dona.

Bhí sé ar tí titim ina chodladh, imeacht leis ar thonn tuirse. Bhí na mná fós ag caint le chéile.

"Bhí teaghlach as Prossnitz ina gcónaí sa siléar sa teach in aice linn. Níl fhios agam an bhfuil siad fós ann. Is féidir libh fanacht ar an gcéad urlár pé ar bith agus tá gach rud ann. Tá leapacha ann agus tabharfaidh sibh clúdaigh libh. Tá cófra agus cupla cathaoireacha ann. Má theastaíonn uaibh fanacht, beidh oraibh bord a fháil."

Rug Tante Karla ar a chóta agus tharraing in airde é. "Níl ann ach cúpla céim, a stóir"

Ar shlí éigin bhain sé leapa bheag adhmaid amach agus thit sé ina chodladh láithreach le clúdach timpeall air.

Ach níor lig Tante Karla dó codladh a dhothain. Chroith sí ina dhúiseacht é agus chonaic sé paiste gorm os a chionn. D'fhéach sé suas air agus rinne iarracht smaoineamh cá raibh sé. Bhí Tante Karla ag féachaint suas mar an gcéanna. "Níl díon ann a thuilleadh. Tá an chuid eile ina luí sa ghairdín. Dá gcuirfeadh sé, bheadh orainn na leapacha a chur in aice an bhalla."

Thaispeáin sí go bródúil dó an bord a bhí faighte aici. D'fhéadfaidís béile ceart a ithe ansin. Bhí píosa beag cáise agus blúirín aráin faighte aici ó Frau Trübner. B'shin an bhean a bhí i gceannas thall sa tsiléar. Tharraing sí cathaoir suas in aice a leapan agus cuma bhuartha uirthi. "An mbraitheann tú níos fearr, Primel?

"Ná tabhair an t-ainm sin orm nó cuirfidh mé amach arís."

"Cén fáth? Níl éinne ag eisteacht linn."

"Ainm amaideach é."

"Ní doigh liom é"

Primel, b'shin an t-ainm a thug sí air nuair a thainig sí chun é a fháil tar éis bás a mháthar, an tráthnóna sin agus é ag iarraidh gan a bheith ag caoineadh. Thóg sí ina bachlainn é agus dúirt "Primel, mo Phrimel". Mhínigh sí dó níos déanaí gur shíl sí go raibh sé cosúil le bláth beag, cosúil le samhaircín.

Chuir sé ina coinne. "Is ainm cailín é Primel" Níor ghéill sí "Tá Primel fireann agamsa anois. Mar a fheiceann tú"

Shuigh siad chun boird. Dúirt Tante Karla leis ithe go mall agus cogaint go maith. Gach greim a chogaint. Ghearr sí na slisní aráin i bpíosaí beaga agus thug dó iad. "Ní thiocfaidh sé aníos arís, a stóir."

"Cad a tharlaíonn anois?" a d'fhiafraigh sé idir dhá ghreim.

"Ní fheadar"

Chuartaigh Tante Karla a mála go bhfuair sí bosca púdair agus d'fhéach sí uirthi féin sa scathán beag. "Ní fheadar. Beidh codladh ceart againn ar dtús, agus ansin fanfaimid go dtiocfaidh traenacha tríd an dumpa seo arís."

"Agus cén uair é sin?"

Chuir Tante Karla púdar ar a srón agus dhún an bosca de phreab bheag. "Ní bhraithfidh tú an t-am ag imeacht"

"An bhfuil tú cinnte Tante Karla?"

"Tá díon ós ár gceann, sin an príomhrud." D'fhéach sí suas go dramatúil ar an bpoll sa díon. "Agus ní thiocfaidh aon rud anuas arainn. Anois oíche mhaith, a ghasúir."

---

[1] *Jugendvolk Fhad agus a bhí Hitler agus na Sóisialachaí Náisiúnacha i gcumhacht, cuireadh iachall ar pháistí agus ar dhaoine óga clárú in eagraíochtaí éagsúla. Ó aois 10 go 14 sa Jungendvolk ar tugadh Pimpfe orthu agus ó 14 ar aghaidh bhain na buachaillí leis an HJ, Hitlerjugend agus na cailíní leis an BDM, Bund Deutscher Madel*

CAIBIDIL A DÓ

Ag leanúint leis

Dhúisigh *feadaíl ard é. Chonacthas dó go raibh sé tar éis codladh ar feadh dhá lá agus dhá oíche ar a laghad. Chuimil sé a shúile agus d'éist. Níor bhraith sé go raibh Tante Karla sa seomra. Stop an fheadaíl go tobann.

"Cén fáth a bhfuil tú ag feadaíl?" scairt sé.

Ní tríd an doras a tháinig sí ach trí bhearna sa bhalla nach raibh feicthe aige an oíche roimh ré. Níorbh é an díon amháin a bhí pollta.

"Ní mise a rinne an fheadaíl. 'Siad na *francaigh."

"Ní bhíonn francaigh ag feadaíl."

"Conas a bheadh fhios agat? Is féidir leo feadaíl i dtiúin le chéile, mas mian leo. Agus seo chugainn na Rúisigh anois."

Bhí sí tar éis athrú ar dhoigh aisteach ón oíche aréir. Bhí an cóta droim ar ais uirthi. Bhí a haghaidh agus a lámha salach. Bhí éadach ar a ceann agus bhí an ghruaig ag titim thar a héadán.

---

feadaíl – *whistling*
bearna – *gap*

francaigh – *rats*

"Ach ní fhacamar saighdiúirí ar bith inné."

"Is dócha go raibh siad ag ligean a scíthe. Inniú tá siad ag scrúdú gach tí. B'fhéidir go bhfuil duine á lorg acu, Nazi b'fhéidir. B'fhéidir nach bhfuil siad ach ag lorg rud eigin le déanamh."

"Cén fáth a bhfuil cuma chomh gránna sin ort?"

"Is seanbhean mé inniu, Primel. Bíonn meas acu ar seanmhná de gnáth. Ní bhíonn i gcónaí."

"Agus cé mise inniu?"

"Tú féin, buachaill beag teifigh, ocrach, traochta, atá beagnach trí bhliain déag d'aois. Éirigh anois. Ní féidir linn sinn féin a ní. Níl aon uisce sa sconna sa chistín."

Ní raibh a léine ná a bhríste bainte aige sula a ndeachaidh sé a chodladh, mar sin ní raibh le déanamh aige ach na bróga a tharraingt air. Bhrostaigh Tante Karla é chun bricfeasta a ithe agus an chuid eile den arán a chur ina mhála. Shiúil sí go míshuaimhneach suas síos an seomra. Ní raibh gloine fágtha sna fuinneoga ann agus bhog an ghaoth dusta agus salachar thart timpeall. Bhí Bernd fiosrach faoi na daoine a bhí ina gcónaí anseo rompu. B'fhéidir go raibh eagla orthu nó gur bhoic mhóra de chuid na Nazis a bhí iontu.

Bhí na scairteanna lasmuigh ag teacht níos gaire dóibh. *Scaoileadh urchar amháin. Stad Tante Karla den siúl agus chuir sí lámh timpeall air "B'fhearr dúinn suí síos. Sin mar a bhíonn daoine. Agus ní gá dúinn doras a oscailt dóibh mar níl doras ann."

scaoileadh urchar – *a shot was fired*

Bhrúigh scaifte saighdiúirí isteach. D'éirigh Tante Karla níos sine fós. Chuaigh saighdiúir suas chuici. Ba é an Captaen. Leag sé lámh ar ghualainn Bernd agus chaith súil ar Tante Karla a bhí ag dul i bhfolach sa chóta mór a bhí droim ar ais uirthi. "Do Bhabuschka?" arsa seisean. D'aithin Bernd an focal. Babitschka an focal Seicise ar sheanmháthair.

"Sea" a d'fhreagair sé.

"Go maith, go maith" Chuir an Captaen a lámh ar dhroim Bhernd ach ansin go tobann d'athruigh sé. D'ardaigh sé Bernd ón gcathaoir agus bhrúigh amach as an seomra é. Dhearúd Tante Karla gur Babuschka a bhí inti . Léim sí suas agus rith taobh le Bernd. Bhí saighdiúirí rompu agus ina ndiaidh. Taobh thiar díobh scairt an Captaen "*Dawai, dawai*". Bhrúigh na saighdiúirí trasna na sráide iad. Rug Tante Karla greim ar lámh Bernd agus choimeád í. "Fan in aice liom a stóir. Ná lig do na Kosaks sinn a scarúint óna chéile."

Ba léir nach raibh sé sin i gceist acu. Cé nach raibh focal ráite, chas na saighdiúirí timpeall amhail agus gur tugadh órdú dóibh agus rith ar ais chuig an teach, agus thosaigh siad ag scaoileadh urchar isteach sa seomra folamh. "Is ag troid le taibhsí atá siad " arsa Tante Karla agus í ag croitheadh a cinn.

D'imigh na saighdiúirí isteach sa teach arís.

"Ní sinne atá uathu mar sin." Scaoil Tante Karla lena hanáil amhail is go raibh sí a coimeád aici an t-am ar fad.

"Tá súil agam nach dtabharfaidh siad ár málaí leo" Ainneoin an teasa, bhí Bernd fuar.

"Ceapaim go bhfuil siad ag leanúint den chogadh cé go bhfuil sé thart le seachtainí" *D'fhaisc Tante Karla a lámh agus níor scaoil sí lei.

Chúlaigh na saighdiúirí, duine i ndiaidh duine amach an doras, na gunnaí réidh acu. D'ísligh siad na hairm, labhair siad agus rinne siad gáire lena chéile amhail is nár tharla aon rud. Tharraing Bernd a lámh ó Tante Karla. Theastaigh uaidh dul ar ais, féachaint cad a tharla do na málaí. Cinnte bheidis pollta ag urchair nó imithe go hiomlán. Choimeád Tante Karla siar é.

Díreach ag an nóiméad sin d'oscail doras an tí agus dúirt guth go híseal leo *dídean a lorg. "B'fhéidir go dtiocfaidh siad ar ais agus go dtosóidh siad ag scaoileadh as an nua." D'oscail an bhean an doras díreach fada go leor chun ligean dóibh dul fríd. Bhí boladh prátaí agus cré sa halla.

"Ní baol díbh anseo. Is mise Frau Bürschtel."

Níor lig sí níos faide ná an halla iad. D'fhág sí ina seasamh ansin iad. "Seans go bhfuil an anraith ag dó," ar sise.

Bhí siad ina seasamh ansin mar *earraí a ordaíodh agus nár bailíodh, ag féachaint i ndiaidh Frau Bürschtel agus í ag bhrostú suas an staighre. "Bhuel" arsa Tante Karla. B'shin an méid.

"Oireann an t-ainm dí." arsa Bernd. "Leis an gruaig ghearr dhonn agus an aghaidh bheag roicneach tá sí cosúil le scuaibín."

d'fhaisc sí – *she pressed, squeezed*   earraí – *goods*
dídean – *shelter*

Tháinig fearg ar Tante Karla. "Tabhair aire Primel, ní ceart bheith ag magadh faoi ainmneacha. Cá bhfios nach mbeidh Frau Bürschtel in ann cabhrú linn."

Ach ní mar a shíltear a bhítear. Ní raibh anraith Frau Bürschtel dóite agus bhí deireadh lena cuid cabhrach. D'fhiafraigh sí díobh an raibh fhios acu go raibh bia ar fail do theifigh i dteach Frau Trübner agus d'oscail an doras dóibh. "Ní baol díbh anois" ar sise.

Ba léir go raibh an ceart aici. Bhí beocht ar an tsráid. D'éirigh an dusta te agus *thuirling sé ar a mbeola. Bhí éadaí éadroma samhraidh ar na daoine.

"A Thiarna Dhia, caithfidh go bhfuil an chuma orainn gur as ár meabhair atáimid." Sciob Tante Karla an t-éadach dá ceann agus bhain dí an cóta geimhridh a bhí droim ar ais uirthi. "Bain díot do chóta ar a laghad."

Níor éist sé léi. "Lig dóibh a fheiceail gur teifigh sinn."

D'amharc Tante Karla go ceisteach air. "Ní dóigh liom go gcabhróidh sé sin linn. Agus tá tú fós ag cur allais."

Chuir capall agus carr stop leis an gcaint. D'fhaisc siad beola agus súile le chéile. Shocraigh an dusta te fiú i gcúinní na súla, é te agus goirt. I ndiaidh tamaill d'éirigh le Bernd abairt a rá "Téimis ar ais go teach s'againne."

Rinne Tante Karla gáire tirim. "Teach s'againne, an ea, Primel?"

Le tamall anuas bhí aithne mhaith curtha aige ar eagla ach níor bhraith sé a thuilleadh í. Bhí eagla air tar eis bás a mháthar, eagla a chuir isteach air agus a

---

thuirling sé – *it descended*

d'fhág in ísle brí é. Bhí eagla air nuair a bhí Tante Karla ar iarraidh le linn dóibh bheith ag teitheadh agus gan fhios aige cá raibh sí. Bhí eagla air nuair a chaith siad seachtain fhada in Brünn sa tsiléar agus bhog an talamh cupla uair agus is ar éigean a bhí sé de mhisneach aige anail a tharraingt. Bhí eagla air nuair a tháinig na saighdiúirí Rúiseacha isteach san arasán in Brünn, agus nuair a chuardaigh siad lena n-airm é agus gur bhrúigh amach ar an staighre iad. Bhí eagla chomh mór sin air gur lúb a chosa faoi. Agus bhí eagla mhór air sa traein nuair a bhí sé ag ligean air gur bhalbhan gan ciall é agus d'fhéach fear go hamhrasach air, agus labhair leis i Seicis agus thosaigh *crónán ina cheann.

Bhí na málaí fós ann gan bogadh. Bhí na clúdaigh ar na leapacha. D'fhéach Tante Karla timpeall agus dúirt "Fágaimís an áit seo, a ghrá. Nílimid sábhailte anseo. Tá duine éigin á lorg ag na Rúisigh agus beidh siad mí-shocair go cionn tamaill."

"Cá háit a rachaimid?"

Níor éirigh léi freagra a thabhairt air. Bhí fear ina sheasamh sa bhearna sa bhalla. Bhí miongháire ar a bhéal agus cuma ghealgáireach shona air, amhail is gur bhain sé le ré eile. Bhí sé ina sheasamh ansin le tamall, ag fanacht orthu.

Fear an-ard, a bhí ann, culaith dhubh air, bróga snasta, carabhat dorcha agus léine bán.

Caithfidh go gcuireann sé de *gheasa ar an dusta agus ar an salachar gan dul in aice leis, an smaoineamh a chuaigh trí cheann Bernd. Sheas Tante

crónán – *buzzing noise*
geasa – *spell*

Karla taobh le Bernd. "An tusa an duine atá á lorg ag na Rúisigh?" Nuair nár fhreagair an fear, d'fhreagair sí féin. "Is dócha é."

Leathnaigh m.iongháire thar an aghaidh donn láidir. "An féidir liom cabhrú leat, a bhean uasail?" *Ní dheachaidh an tslí chairdiúil inar labhair sé i bhfeidhm puinn ar Tante Karla.

"Ní féidir, go raibh maith agat. B'fhearr gan cabhrú linn. Nó beidh na Rúisigh sa tóir orainn freisin."

Leathaigh an miongháire ar aghaidh an fhir. "Maier, is ainm dom."

Níor thug Tante Karla a hainm dó. Dhírigh sí í féin agus bhí fhios ag Bernd go raibh baol ann. Sheas an fear chomh haireach céanna agus chuir cluas le héisteacht air "B'fhéidir …" arsa sé go ciúin.

"Dá mba mise tusa d'imeoinn láithreach. Tá an trúpa fós thart timpeall."

Bhí sé imithe cheana féin. Bhí an bearna sa bhalla folamh amhail is nach raibh an fear, a thug Maier air fein, ann riamh.

An tráthnóna sin, agus iad i siléar Frau Trübner, nuair a bhí Bernd lán agus trom ón anraith píseanna agus a shúile ag druidim le tuirse, tháinig Herr Maier athuair, gan coinne: cosúil le scáth nó le cuimhne. Sheas sé sa doras arís agus d'fhéach thart timpeall.

"An tUasal Maier" a scairt Bernd ach bhí sé imithe cheana féin.

D'ardaigh Frau Trübner a ceann agus í *ag dáileadh anraithe ar na daoine nua "I bhfad uainn an mí-ádh sin."

ní dhéachaidh sé i bhfeidhm puinn uirthi – *it didn't have any effect on her*

ag dáileadh – *distributing*

Ós rud é gur *éiligh Tante Karla lóistín nár bhaol don díon ann titim ar a gceann, bhí cead acu oíche amháin a chaitheamh i dteach Frau Trübner. Ar a laghad bhí siad slán ón mbáisteach ann. Bhí an tolg díreach faoin staighre adhmaid a chuaigh suas go dtí an chéad urlár agus san oíche bhí daoine de shíor ag dul suas síos. Bhí díreach áit ann do bheirt. Cé go raibh an-eagla ar Tante Karla chodail siad go maidin.

"Bhí sé i mo bhrionglóid."

Shuigh Tante Karla in aice leis ar an tolg, na cosa tarraingthe suas aici agus d'fhaisc sí na fiacla le chéile. "Cé bhí ann?"

"An Maier sin."

Shuigh sé fein suas go cúramach ar eagla go mbuailfeadh sé a cheann ar an staighre agus d'imigh amach thar Tante Karla, "Is maith liom é"

"Ní maith liomsa é" Rug Tante Karla ar chuileog san aer "Tá súil agam go bhfuil sé bailithe leis".

d'éiligh sí – *she demanded*
[1] *dawai* – gabh i leith

CAIBIDIL A TRÍ

Herr Maier, an draoi

D'éirigh le Tante Karla áit a fháil ag an staisiún. *Togha áite a bhí ann. Chuir máistir an staisiúin *cathaoir infhillte ar fáil di. Bhí sí in ann bogadh timpeall an staisiúin, agus fanacht sa scáth. Nuair nach mbíodh an chathaoir ag teastáil thugadh sí don oifigeach í le coimeád dí. Chuireadh sé sin olc ar na daoine eile a bhí ag fanacht. Ar feadh cúpla lá bhíodh na mná eile ag tabhairt amach fúithi. Conas a bhí an ceart aicise? Cén fáth go raibh pribhléid aicise?

Choimeád Bernd siar. Chuir *seasmhacht Tante Karla agus an stádas a bhí aici iontas air. Is uaithi féin a tháinig an ceart, a mhínigh sí agus bhí *bunús leis an bpribhléid.

"Cén bunús?" arsa na mná i gcurfá.

Níorbh fhiú léi freagra a thabhairt.

Bhraith Bernd fearg na mban agus bhí eagla air go ndéanaidis dochar do Tante Karla.

Níor ghá dó eagla a bheith air. Ní amháin go ndeachaidh na mná i dtaithí ar phríbhléid Tante

togha áite – *an excellent place*
cathaoir infhillte – *folding chair*
seasmhacht – *steadfastness*
bunús – *basis*

Karla ach tháinig *athrú meoin orthu féin. Nuair a bhíodh comhairle agus cabhair uathu, is chuig Tante Karla a théidís. Agus thugadh sise cúram na cathaoireach dóibh freisin. Seachas an t-oifigeach staisiúin, ise an t-aon duine a mbíodh aon eolas aici. Mhínigh sí, agus í lán de mhuinín, go raibh cúrsaí traenach san Ostair ar ais ag obair ach go raibh fadhb ag baint le Laa an der Thaya. Bhí sé ró-ghar don teorainn. Níor mhór an sólás é ach chuir sé tús le *caidreamh cairdiúil idir na mná agus Tante Karla.

Bhí Bernd *dubh dóite den stáisiún. Chonacthas dó go raibh na páistí eile *leamh, amaideach, Níor bhac grúpa amháin acu leis in aon chor. Bhí éide an Hitlerjugend á chaitheamh ag Eckhard a bhí ina an cheannaire orthu. Thugadh seisean na hordaithe agus d'éisteadh na buachaillí eile. Bhí sé níos mó, níos raimhre agus is dócha níos láidre ná an chuid eile. Bhogadh sé na lámha go *fuinniúil san aer chun cur lena chuid cainte. Níor thaitin éirí in airde Eckhart le Tante Karla agus d'iarr sí ar Bhernd gan baint a bheith aige leis.

Bhí Tante Karla tar eis an scéal a scaipeadh sa staisiún go raibh tuairim aici go dtiocfadh na Rúisigh ar ais ar ball. Agus sin a tharla. Tháinig dhá leoraí. Léim saighdiúirí amach agus thosaigh siad ag brú na dteifeach le chéile. Láimhsigh siad go garbh iad. *Ransaigh siad an bagáiste agus ó am go chéile thugadh siad rud éigin leo, buidéil *chumhráin ach go háirithe.

Thug Bernd faoi deara gur choimeád Eckhart siar

athrú meoin – *change of attitude*
caidreamh cairdiúil – *friendly relationship*
ransaigh siad – *they ransacked*
dubh dóite de – *heartily sick of*
go fuinniúil – *energetically*
cumhrán – *perfume*

óna bhuíon féin agus gur bhrúigh sé é féin isteach i gcúinne. Rinne sé comhartha as sin do na saighdiúirí breith ar an duine seo nó an duine siúd agus iad a chuardach. Ach níor thug siadsan aon aird ar na comharthaí . Fágadh Eckhart gan éifeacht ina aonar sa chúinne.

Bhí rí rá ann ar feadh tamaill tar éis do lucht an Airm Dheirg imeacht sna leoraithe. Bhí roinnt daoine ag caoineadh agus ag gearán gur tógadh harmonica nó uaireadóir uathu nó gur goideadh buidéal [1]*Kolnisch Wasser*. Bhí a phas in easnamh ar fhear amháin, "Rug Rúiseach greim air." a dúirt sé.

Bhí amhras ar Tante Karla faoi sin "Is dócha" arsa sí le Bernd go ciúin "gur fhág sé ina luí in áit éigin é ionas nach bhfaighfeadh éinne amach cé hé féin" Dar le Tante Karla bhí *caimiléireacht ar siúl ag an chuid is mó de na fir a casadh orthu ar a dturas. Bhog sí an chathaoir níos faide isteach sa scáth agus chun Bernd a choimeád ag gluaiseacht, chuir sí sall go cistín Frau Trübner é "Ar eagla go mbeidh gach rud ite orainn ag an gcuid eile."

Thóg sé a chuid ama. Ní bheadh bia ar bith ar fáil roimh a seacht a chlog. Níor ghá dó bheith ocrach mar a bhíodh sé ar an mbóthar idir an traein agus an teorainn. Ach fós agus é ina sheasamh sa scuaine ag fanacht ar bhia, bhíodh eagla air nach mbeadh go leor ann.

Casadh daoine ar an tsráid air nár aithin sé. Caithfidh go raibh teifigh nua tar éis theacht isteach sa bhaile. Bhrúigh *síp Rúiseach ar leataobh é. Agus ansin chonaic sé gluaisteán mór oscailte, mar Fata

---

caimiléireacht – *dishonesty*
síp – *jeep*

Morgana, Cabriolet dubh, ag teacht ina threo. D'aithin sé an tiománaí a bhí ag an stiúir agus bhuail a chroí níos tapúla agus é ag féachaint air. Bhí a aghaidh ghriandóite cosúil le *haghaidh fidil – an fear ón mballa a bhí ann. An fear a bhí á lorg ag na Rúisigh. Anois bhí sé ar nós prionsa ina charráiste ag rolláil idir na tithe scriosta. Níorbh é Bernd an t-aon duine a sheas agus a d'fhéach ina dhiaidh. D'fhéach an fear díreach ar aghaidh gan aird ar bith aige ar na daoine *fiosracha – agus d'imigh an carr síos sráid eile. Bhí an t-inneall fós le clos tar eis tamaill.

Bhí scéal ag na mná sa chistín sa siléar dó. Bhrúigh siad *léaráid isteach ina lámh agus chuir chun bothair é. Bhí seomra folamh ar fáil i dteach ar Znaimer Strasse 12. D'fhéadfadh sé féin agus Tante Karla cónaí ann go dtí go dtógfadh an chéad traein eile iad. D'fhéadfadh sé na málaí a iompar ann láithreach. Gheobhadh sé an eochair ó bhean darbh ainm Frau Pluhar.

Nuair a d'fhill sé ar an gcistín taréis dó insint do Tante Karla faoin seomra nua, bhí sé fós ag smaoineamh ar an bhfear sa charr. Chuir sé ceist ar Frau Trübner "Tá fear ag dul timpeall an bhaile le carr iontach. An é an meara é? Nó duine a oibríonn ar an margadh dubh?"

Is í Tante Karla, a raibh cluas ghéar aici , an chéad duine a d'fhreagair "An é an fear a bhí á lorg ag na Rúisigh inné atá i gceist agat?"

Bhí na daoine ag bailiú isteach sa siléar . Mheasc Frau Trübner an pota anraithe le spunóg mhór adhmaid agus leag a cara, Frau Legal, bean bheag

aghaidh fidil – *mask*   fiosrach – *curious*
léaráid – *plan*

bhídeach le gruaig bhán, cuid na hoíche amach ar an mbord. Chuir sí *spré, a raibh loinnir ghlas air, ar na slisní aráin.

"Herr Maier, an draoi atá i gceist agat? Tá sé ag dul timpeall anseo le trí sheachtain, ag déanamh gnó eigin leis na Rúisigh agus leis na Seicigh agus is dócha go bhfuil ainm difriúil ar fad air. Glacaim leis gur oifigeach san SS nó san Arm a bhí ann." Bhuail Frau Trübner an pota leis an spunóg agus d'fhéach isteach i súile Bernd. "Dá mbeinn i d'áit *sheachnóinn é, mar a sheachnaíonn an diabhal uisce coisricthe nó im an ghrian."

"Ceapann sé is dócha" arsa Tante Karla "más ceannfort a bhí ann, gur ceannfort i gcónaí é."

Rinne Frau Legal scig-gháire agus thosaigh sí ag comhaireamh na bplátaí as an nua "A haon, a dó a trí…" Níor cheap Frau Trübner go raibh cúis gháire ann "Más fíor do na daoine, cónaíonn sé i dteach brea sa cheantar Rúiseach cé go mbíonn na Rúisigh sa tóir air uaireanta. Brathann sé ar an aimsir is cosúil. Agus an *óinseach mná a fheictear ó am go chéile ag an staisiún, Fräulein álainn Janowitz, is leis siúd í a bheag nó a mhór."

Thit Bernd ina chodladh agus é fós faoi dhraíocht ag Herr Maier. Ar dtús agus é ina leathdhúiseacht bhain sé taitneamh as na braillíní úra. Chuala sé Tante Karla ag cuimilt go buíoch an philiúir. Ansin chrom sí thairis agus thug póg dá éadán. "Amárach caithfidh mé áit a fháil chun sinn féin a ní." arsa sí. "Ní deas an boladh atá uait."

spré – *spread*   óinseach – *a foolish woman*
sheachnóinn – *I would avoid*

Tháinig an fear amach as an mballa arís, Herr Maier na scéalta. Theastaigh ó Bhernd a mhíniú dó go raibh botún déanta agus go raibh seomra réasúnta acu anois. Chuir Maier muinchill a sheaicéid siar agus chonaic Bernd ainmhí beag ag rith suas a lámh. "Féach air sin" d'iarr Maier air " Féach air go cúramach. Is féidir leat guí a dhéanamh". D'imigh an chuileog a bhí ag rith suas idir na ribí dubha gruaige ar a lámh agus ina áit bhí Cabriolet beag bídeach dubh. Ar maidin ní raibh Bernd in ann smaoineamh conas a chuaidh an scéal ar aghaidh. Ba bhreá leis leánúint leis. Ní raibh an ceart ag Tante Karla. Bhí sé cinnte gur dhraoi ceart an Maier seo.

Deirfiúr óg Frau Trubner ab ea bean an tí. Bhí sí pósta le fear darbh ainm Pluhar a bhí sa chogadh san oirthear. Ní raibh *tásc ná tuairisc air le dhá bhliain. Bhí sí sásta uisce a théamh dóibh ar an sorn agus ar ball, tar éis dóibh iad féin a ní i gceart, bhí Tante Karla in ann a rá gur bhain siad arís leis an gcine daonna.

tásc ná tuairisc – *trace*
[1] *Kolnisch Wasser* – cumhrán

CAIBIDIL A CEATHAIR

Ní féidir ór a ithe

Chuir drochstoirmeacha isteach ar na laetheanta brothallacha. Bhí báisteach throm ann agus *phlodaigh na teifigh isteach sa seomra beag feithimh. Bhí siad ag troid go minic. Mheas Tante Karla gurbh í an leictreachas san aer ba chúis leis an troid. Shuigh sise ar an gcathaoir infhillte díreach faoi *chuntar na dticéad mar bhanríon ar chathaoir ríoga. Ar an gcaoi sin bhí *teagmháil díreach aici le máistir an staistiúin Herr Huber, a bhí i bhfolach taobh thiar den chuntar. Is ag an bpoínte seo a thug Bernd faoi deara go raibh athrú suntasach tagtha ar Herr Huber agus cuma níos óige air. Bhí an fhéasóg imithe óna bheol uachtar agus óna smig. Bhí cuma lom *neamhurchóideach air anois. Chonaic Tante Karla é ag stanadh ar Herr Huber. D'aontaigh sí go raibh athrú air ach ní dúirt sí a thuilleadh mar gheall ar Herr Huber go dtí gur fhág seisean a áit ag an gcuntar ar feadh nóiméid. Rinne sí scig-gháire mar a dhéanfadh cailín, agus arsa sise, "Sea, tá an fhéasóg imithe!"

"Cén fáth a rinne sé sin?

---

phlodaigh siad isteach – *they crowded into*

cuntar – *counter*

teagmháil – *contact*

neamhurcóideach – *harmless*

25

"Teastaíonn uaidh bheith sa bhfaisean agus taitneamh leis na mná."

Bhí Herr Huber ar ais ag an gcuntar agus scairt sé leis an slua." A dhaoine uaisle, tá an bháisteach stopaithe. Ach tá stoirm eile ag druidim linn. Iarraim oraibh teach an staisiúin a fhágáil agus filleadh ar an mbaile, mar is féidir liom a chur in *iúl daoibh nach mbeidh traein ann inniú."

Labhair sé go hard. Ach níor bhog Tante Karla. "Fan go n-imeoidh na daoine eile."

Tháinig aer trom tais isteach an doras oscailte. Bhí boladh éadaí agus allais agus cré fliuch air. I bhfad i gcéin bhí toirneach le clos arís, cheana féin.

"Ar aghaidh linn nó *báfar sinn." arsa Bernd. D'fhéach Tante Karla ar an duine deiridh ag imeacht as an seomra feithimh. D'éirigh sí. Lig sí *osna. D'fhill sí an chathaoir le chéile agus d'iarr ar Bernd gan a bheith *mí-fhoighdeach: "Ná bí mar sin Primel. Tá gnó le déanamh. Nílim cinnte ar chor ar bith gur chóir tusa a tharraingt isteach sa scéal."

Is le Frau Huber, bean chéile Herr Huber, a bhí an gnó le déanamh. B'álainn an bhean í. Bhí sciorta leathan uirthi, boladh cumhra uaithi agus gruaig dhubh, cíortha go hard ar bharr a cinn. Bhí dath tiubh ar a beola agus snas ar a hingne. Níor bhain sí in aon chor leis an domhan salach. Ní fhéadfadh Bernd lán a shúla a fháil di. Bhí cuireadh tugtha ag Herr Huber dóibh teacht tríd an doras cúil agus chuaigh sé suas an staighre rompu go dtí an chéad urlár. Bhí an bród le léamh ar a aghaidh agus chuir sé

cur in iúl – *inform*
báfar sinn – *we will be drowned*

lig sí osna – *she sighed*
mí-fhoighneach – *impatient*

in aithne dóibh í. "Mo bhean chéile", ar seisean. Chas sé ansin agus é beagán trína chéile, i dtreo an dara bean a bhí ina suí ar an tolg. D'éirigh sise ina seasamh nuair a tháinig siad isteach. Bhí Bernd ina sheasamh in aice le Tante Karla. Chroith sé lámh leis an bheirt bhan. Fräulein Janowitz ab ea an dara bean. Cheap sé go raibh sí níos óige agus níos áille ná Frau Huber. Thuig sé nach dtaitneodh sí le Tante Karla. Bhí com seang uirthi. Bhí gúna teann dubh uirthi. Bhí a *colainn chomh caol sin go gceapfá go mbrisfeadh sé i ndá chuid.

D'iarr Herr Huber ar Tante Karla suí síos. Shuigh an bheirt bhean uasal síos arís ar an tolg. Shuigh Herr Huber freisin agus thug comhartha do Bernd áit a ghlacadh idir an beirt bhan ar an tolg. "Le do thoil" arsa an bheirt. Chuaigh sé timpeall ar an mbord íseal chomh tapaidh agus a d'fhéad sé agus shuigh síos de phreab idir an bheirt bhan. Bhí néal púdair agus cumhráin timpeall air. Las Fräulein Janowitz todóg fhada, Virginia.

Chúlaigh Herr Huber siar go dtí an fhuinneog. Shuigh Tante Karla suas díreach agus d'fhéach ar spota os cionn cheann Bernd. Bhí cuma smaointeach uirthi. Rinne Frau Huber scig-gháire, d'éirigh sí agus thóg amach gloiní Schnaps agus buidéal. Ní bhfuair seisean gloine. Dhoirt Frau Huber Schnaps amach agus dúirt [1]*Prosit*". Chaith siad siar an t- iomlán. Má tá siad ag iarraidh Tante Karla a chur ar meisce beidh céad *Prosit* ann, smaoinigh Bernd.

Ach ní raibh Frau Huber ag iarraidh í a chur ar meisce. Chrom sí cun tosaigh agus thosaigh ar an

colainn – *body*

'gnó'. "Conas a cheapann tú an *malartú a déanamh?" ar sise.

Malartú? Cad a bhí i gceist ag na mná? Tháinig eagla ar Bernd. Bhí súil aige nár bhain sé leis féin. Thosaigh Tante Karla ag rannsú ina mála. D'fhéach gach éinne uirthi. Fiú Herr Huber, dhruid sé in aice léi. Lig Tante Karla osna. Faoi dheireadh fuair sí an rud a bhí uaithi. Slabhra órga a raibh trí chloch móra, gealbhuí air. "Sin mo *thairiscint" arsa sí

Ba chosúil le *bíogarnach éin na fuaimeanna a tháinig ó Fräulein Janowitz agus ó Frau Huber. Bhí fhios ag Bernd, ó thainig na Rúisigh, go raibh Tante Karla ag iompar a cuid *seodra "ar a colainn," i gclúdach línéadaigh faoina sciorta. Cén fáth go raibh sí ag iarraidh fáil reidh leis an phíosa áirithe seo ag an am áirithe seo?

"Cad a thabharfaidh sibh dom air? Ní féidir liom an t-iomlán a thairiscint do bhean na cistine don bhia laethúil. Bheadh an iomarca ann. Ba mhaith liom é a mhalartú ar thrí nó cheithre phíosa seodra agus gheobhaidh Frau Trübner ceann acu."

Thainig an scig-gháire arís ó Fräulein Janowitz "Cinnte, níl aon rud ar fáil saor in aisce fiú an *charthannacht."

Bhris na focail as Bernd ina ainneoin féin. "Níl cead agat é sin a dhéanamh!"

D'fhéach gach éinne go ceisteach air.

"Éist leis" arsa Herr Huber

"Buachaillín ró-ghlic," arsa Fräulein Janowitz.

malartú – *exchange*
tairiscint – *offer*
bíogarnach – *chirping*

seodra – *jewellery*
carthanacht – *charity*

"Cad eile tá fágtha agam?" arsa Tante Karla go ciúin.

"Ach ba le Mama an slabhra sin." Bhí a ghuth socraithe arís.

"Tá fhios agam a chroí, d'fhéadfainn mo chuid seodra féin a thógáil. Ach ní féidir an slabhra sin a mhalartú nó a roinnt faoi thrí chomh héasca sin."

"Tá tú díreach á rá sin"

Níor thug na daoine fásta a thuilleadh airde air. Scrúdaigh siad an slabhra álainn agus thóg Frau Huber a seodra féin amach : uaireadóir, braisléad airgid agus dhá fháinne cluaise.

"Bíodh sé ina mhargadh – ní seodóir mé" Thóg Tante Karla gach píosa ina lámh amhail agus go raibh sí á *meá. "B'olc an rud é dá n-imreoimis feall ara chéile."

"Anois, anois", arsa Herr Huber. Chuir Fräulein Janowitz slabhra a mháthair timpeall uirthi. Ba bheag nár léim Bernd uirthi chun é a shracadh óna muineál. Bhí an chuma uirthi gur thuig sí. Chuir sí lámh ar a brollach chun é a chosaint. Chlaon sí a ceann i dtreo Tante Karla agus dúirt "Níl fágtha ach roinnt seachtainí go dtí go mbeidh deireadh leis an Reichsmark anseo san Ostair agus go gcuirfear an seanscilling ar ais ina háit."

Chuir Tante Karla an chuid eile den seodra ar ais in éadach. Chuir sí an t-iomlán isteach faoina blús agus d'éirigh de phreab. Agus í fós ar an *tairseach, taréis dí slán a fhagáil le Herr agus Frau Huber agus Fräulein Janowitz, lig sí lena racht feirge "Na hOstairigh! A leithéid de bhithiúnaigh. Níl sé bliana

meá – *to weigh*;   tairseach – *threshold*
á meá – *weighing them*

ann ó d'fháiltigh siad roimh Hitler in Wien. Anois tá siad á n-iompar féin mar bhuaiteoirí agus féachann siad anuas orainne teifigh mar *dhaoscarshlua."

Ba chuma le Bernd faoi na hOstairigh. Theastaigh uaidh a fháil amach an raibh Tante Karla chun íoc as an bhéile laethúil sa chistín sa tsiléar.

"An dóigh leat go bhfaigheann Frau Trübner arán, plúr, píseanna agus prátaí saor in aisce?"

Chrom sé a cheann. Thug Tante Karla buille dó ar a thaobh. "Maireann sí orainn, Primel, ní ar ár son. Tugtar 'cárthannacht' ar sin aimsir chogaidh nó shíochána. Bhrúigh sí thar an tairseach é, amach faoin aer.

Dhún sé na súile ar feadh nóiméid, faoin solas geal. Ansin rinne siad a mbealach tríd an slua a bhí ag fanacht lasmuigh. Bheannaigh Tante Karla do na daoine agus ó am go chéile dheireadh sí "Ní féidir ór a ithe, Primel, cad is fiú é?"

daoscarshlua – *rabble*
[1] *Prosit* – sláinte

CAIBIDIL A CÚIG

An [1]Draisine

Bhí "na *bunriachtanais," mar a thug sí féin orthu, tugtha ag Frau Pluhar dóibh. Bhí ar a gcumas iad féin a ní agus na fiacla a ghlanadh ina seomra féin. Chuir sí crúsca uisce agus babhla mór níocháin ar chófra dóibh. Ní raibh stad le caint Frau Pluhar agus bhí Tante Karla traochta ina diaidh. Scanraigh piléir as a gcodladh iad i lár na hoíche.

"Tá na Rúisigh ag caitheamh *granáidí sa Thaya chun na héisc a mharú." Sin an míniú a bhí ag Frau Pluhar ar an bhfothram. Is maith leo dul ag iascaireacht mar sin gan líon ná slat. Táimid i dtaithí air. Má bhíonn dea-spionn ar na leaids, faighimid cúpla éisc mar bhronntanas."

Ar maidin chuir Tante Karla go dtí an staisiún é. Ba leor duine amháin acu chun faire a dhéanamh. Bhí sí cinnte go mbeadh go leor ama acu chun a málaí a phacáil. "Muna mbeidh, suigh isteach sa traein agus away leat."

"Ach caithfidh tusa teacht freisin"

"Tiocfaimid suas lena chéile" D'fhéadfadh Tante Karla bheith an-fhuar.

31

bunriachtanais – *bare necessities*
gránáid – *hand-grenade*

D'imigh sé leis. D'fhan sé ina sheasamh lasmuigh agus lig sé dá cheann titim. Bhraith sé an-uaigneach. Chonacthas dó gurbh é féin amháin a bhí ar seachrán sa bhaile beag seo.

Sháigh sé na lámha i bpócaí a bhríste agus thug faoi deara go raibh an líneáil chomh stróicthe sin go raibh sé in ann an lámh a chur tríd. Bheadh air iarraidh ar Tante Karla é a fhuáil dó. Ba leisc léi sin a dhéanamh, "seachas i gcás práinne."

Smaoinigh sé ar bhreathnú isteach sa chistín sa siléar ach bheidís ag cócaireacht ansin agus bheadh sé níos teo istigh ná amuigh. Choimeád sé faoin scáth. Ón áit ina raibh sé d'aithin sé nach raibh morán ar siúl sa staisiún. Bhí na daoine beagnach *ar nós cuma leo faoin traein de thairbhe an bhrothaill seo. Bhí sé ag feadaíl agus é ag smaoineamh agus lean madra a bhí ar seachrán é. "Imigh leat" ar seisean. Ach ba léir go raibh na focail sin cloiste ro mhinic cheana ag an madra. D'fhan sé siar ach lean sé é. Níorbh fhada go raibh comhluadar eile aige. Thainig beirt pháistí amach as teach, cailín agus buachaill, agus scairt siad le bean a bhí ag féachaint amach an fhuinneog "Táimid ag dul ag snámh san abhainn."

Níor fhéad sé féin smaoineamh ar rud níos fearr. Rith sé i ndiaidh na beirte. Níor thug siad faoi deara go dtí gur shroich siad an abhainn. "Imigh leat," arsa an buachaill agus *bhagair sé a dhorn air. Chuir an cailín ina choinne "Lig leis, Poldi" arsa sí agus tharraing sí anuas lámh an bhuachalla "An duine dena teifigh thú?" d'fhiafraigh sí.

ar nós cuma leo – *indifferent*   bhagair sé a dhorn air – *he threatened him with his fist*

Chlaon Bernd a cheann agus chuaigh fhad leo go cúramach, céim ar chéim. Rinne an maidrín amhlaidh.

"An leatsa é?" arsa an cailín

Chroith sé a cheann.

"Ní bhfaighfidh tú reidh leis choíche" arsa sí

Ní raibh morán uisce san abhainn. Léim an maidrín isteach go mífhoighneach agus d'imigh tamaillin le sruth.

"Cén fhad anseo tú?"

Scanraigh an cheist Bernd. Thosaigh sé ag comhaireamh, laetheanta agus oícheanta agus sa deireadh ní raibh sé cinnte: "Beagnach seachtain"

"Is mise Leni" Tharraing sí a gúna thar a ceann. Ní raibh uirthi ach fóbhriste. Shín sí méar leis an mbuachaill "Sin é Poldi, mo dheartháir. Cad is ainm duitse?"

"Bernd. Bernd Neureuter. Ach Orlowski anois."

Bhí Poldi taréis baint de go dtí a fhóbhriste freisin agus thóg sé céim i dtreo Bernd "Bhuel, cén ceann an sloinne ceart?"

Dá mbeadh fhios aige. Ní raibh ceist a shloinne pléite ag Bernd le Tante Karla. Nuair a chuir na póilíní Seiceacha ceist faoina ainm ar an teorainn, d'fhreagair sí thar a cheann "Orlowski." Is dócha go raibh sé i gceist aici go dtógfadh sé a sloinne siúd mar ní amháin gurbh í a aintín ach bhí sí ina máthair aici freisin.

Níor *ghéill Poldi; bhí sé ag fanacht ar eolas ó Bhernd.

---

ghéill sé – *he gave in, yielded*

"Orlowski atá orm anois mar atá ar mo aintín. Tá mé faoina cúram. Mar níl mo thuismitheoirí ann anois"

"Oje" lig Leni osna. Thug sí a cúl leis an mbeirt bhuachaillí agus chuaigh isteach san uisce ar a barraicíní.

"Gabh i leith," arsa Poldi leis. Bhain Bernd de go dtí na fobhriste.

Bhí boladh féir agus éisc mhairbh ar an abhainn. Ar feadh noiméid smaoinigh Bernd ar an linn snámha sa bhaile, é féin agus a mháthair ann. Chuaigh sé faoin uisce. Choimeád sé a anáil go dtí nár fhéad sé í a choimeád a thuilleadh. Thug sé cic don *ghrinneall láibe. Tháinig sé aníos. Tharraing sé anáil throm agus bhraith sé úrnua. Shín Leni méar suas an abhainn. "Bíonn na Rúisigh ag snámh thuas ansin" arsa sí. "In éide airm nó lomnocht. Uaireanta bíonn siad ag iascaireacht le gránáidí. Ansin cuireann siad na héisc marbh síos chugainn." Bhuail sí an dá lámh ar an uisce. "Beirigí orm! An chéad duine a thagann suas chugam, 'sé an buaiteoir."

"Agus cad a fhaigheann sé?" arsa Poldi

"Faic". Chroith sí an t-uisce as a cuid gruaige. "Faic" arsa sí arís agus shnámh sí síos arís leis an sruth, go tapaidh, mar iasc bán.

Thosaigh an bheirt bhuachaillí ag an am céanna. Bhí áthas ar Bernd a fheiceáil nach raibh an *crágshnámh ag Poldi. Ní raibh deacracht aige dul chun tosaigh air. Ghlac seisean an t-am le glaoch ina dhiaidh "Sin cac!"

"Céard é?"

grinneall láibe – *muddy bottom*
crágshnámh – *crawl*

Ní dhearna Poldi ach *glugar.

Bhí an *cúr ar an uisce os comhair Bernd ag lonradh agus ag glioscarnach faoi sholas na gréine. B'fhéidir go mbeidh rudaí níos fearr, cheap sé. Stad Leni den snámh agus sheas ar an ngrinneall. Bhí an t-uisce suas go dtí an muinéal uirthi. Snámh sé suas chuici. "An buaiteoir" a scairt sé.

Chuir sí a lámh timpeall air, d'fhaisc é agus ansin chuir uaithi é. "Anois déanaimis *bolg le gréin go dtí go dtriomóidh na bristí" arsa sise.

Ach ní mar sin a tharla. Bhí siad díreach tar éis áit a fháil ina mbeadh a gcinn faoi scáth na gcrann nuair a cuireadh isteach orthu. Bhí Poldi ag ligean do leaistic a fhobhríste preabadh ar a bholg nuair a chuala siad duine éigin taobh thiar díobh. D'ardaigh siad go léir a gcinn ón talamh agus d'fhéach suas ar an bhfear ard dubh. D'aithin Bernd Herr Maier an draoi, mar a thugadh na mná ón gcistín air. Bhí aithne de shaghas eile ag Poldi air. Gan scáth gan eagla chuir sé in aithne é "Der Herr Doktor." ar seisean.

"Der Herr Doktor Maier" arsa Leni.

"Eirígí! Ná bígí i bhur luí ansin mar leisceoirí."

D'éirigh Bernd. D'fhan a bheirt chairde nua ina luí gan bogadh

"Níl aon údarás agat orainne" arsa Poldi, go mall.

"Cé dúirt sin leat?" Rinne sé gáire. Chonacthas do Bhernd gurbh aisteach an chuma a bhí air ins an áit seo, ins an séasúr seo. Bhí culaith dhubh air, agus bróga dubha snasta agus bhí a ghruaig dhubh

---

glugar – *gurgling sound*
cúr – *foam*

bolg le gréin a dhéanamh –
to sunbathe

35

cíortha siar ar a cheann. Bhí Poldi fós ina luí, a lámha taobh thiar dá cheann ach shuigh Leni suas agus bhog níos gaire do Bhernd. Tá eagla uirthi roimh Maier, cheap sé. Rug sé ar a lámh.

"Níl tú in ann ordaithe thabhairt níos mó. Tá deireadh leo. Labharfaidh mé leo mar gheall ort." Bhí Poldi ag labhairt ar nós duine fásta. Chlaon an fear a cheann. "Muna bhfuil rud níos fearr le deánamh agat, abair leat. Ach smaoinigh, cé leis a labharfaidh tú." Ansin chas sé le Bernd. "Is deas go bhfuil cairde agat cheana féin. Ní bheidh saol leadránach agat leis an bheirt sin."

Tháinig an maidrín suas chun é féin a thaispeáint "Cara eile" arsa an fear ag gáire.

D'fhaisc Bernd lámh Leni.

"An bhfuil fonn oraibh dul ar thuras?" Ní raibh Maier chun éirí as "Turas iontach go deo?"

D'fhéach Bernd go ceisteach ar Poldi. Bhí an chuma air go raibh fonn air.

"Níl morán ama agam. Tagaigí liom."

"Ach tabhair aire nach dtéann tú ar strae" arsa Poldi de chogar.

Lean siad Herr Maier an draoi mar a leanfadh géanna, an triúr acu gan orthu ach fobhrístí, a gcuid éadaí á n-iompar acu. Bhí an maidrín ar deireadh.

"An fada é?" d'fhiafraigh Lena tar éis cúpla céim.

"Píosa níos faide ná mar atá foighne agat" Rug Herr Maier greim ar lámh Bhernd agus tharraing in aice leis é. "D'inis Fräulein Janowitz dom gur thug d'aintín cuairt ar Herr Huber agus gur mhalartaigh siad seodra. B'fhearrde di theacht chugamsa i dtús báire. Is féidir liom cabhrú léi as seo amach. Inis dí. Agus ná dearúd é."

"Cinnte" arsa Bernd. Ach bhí rud éigin faoi Herr Maier a chuir isteach air.

Gan focal a rá lean siad Herr Maier ar chasán cúng casta idir toir agus crainn go dtí gur thug Leni faoi ndeara go raibh a fobhríste tirim. Mharaigh sí cuileog ar a bolg sular chuir sí an gúna uirthi.

"Anseo" arsa Herr Maier an draoi "Seo muid."

Bhí bóthar iarainn ann, agus bhí trucail ina seasamh air. Ní fhaca Bernd riamh a leithéid. Shín Herr Maier an dá lámh i dtreo an rud iontach "Cad a cheapann sibh, céard é sin?"

Go mall chuaidh siad fhad leis. "Is bun inneall traenach é" arsa Leni go smaointeach agus thug Herr Maier buaileadh bos di. "D'fhéadfá sin a thabhairt air" d'aontaigh sé léi. "Tugtar Draisine air. Fear darbh ainm Drais a *chéadcheap é. Féachaigí air."

B'í Leni an chéad duine chun misneach a ghlacadh. Dhreapaigh sí suas ar an trucail, shuigh ar cheann den dá bhinse adhmaid, d'fhill a lámha thar a brollach agus ghlaoigh "Tagaigí aníos". Ní raibh uirthi é a rá an dara huair agus lean an maidrín na leaids. Shuigh siad in aice a chéile agus iad ag féachaint ar an mbóthar iarainn ag imeacht isteach sa choill.

Dhreapaigh Herr Maier, an draoi, ar an Draisine leo. Shuigh sé idir Bernd agus Poldi ar an bhinse agus

chéadcheap sé é – *he invented it*

thaispeáin dóibh cad a d'fhéadfadh an trucail a dhéanamh. Scaoil sé an *coscán. Rug sé ar an *maide fada lena dhá lámh. Bhrúigh sé uaidh é agus tharraing chuige arís é. Thosaigh an trucail ag bogadh.

"Tá sé ag gluaiseacht" scairt Leni.

"Ní chreidim é" arsa Poldi i gcogar.

Ní raibh Bernd in ann rud ar bith a rá. Ní in Laa an der Thaya a bhí sé a thuilleadh, an áit iargúlta seo nár chuala sé riamh trácht air go dtí cupla lá ó shin, áit ina raibh beagnach gach éinne beo ag fanacht ar thraein. Bhí sé ag taisteal. Bhí sé ag taisteal ar thraein nach bhféadfá a *shamhailt. Bhí sé ag taisteal amach as Laa an der Thaya isteach i mbrionglóid.

"An bhfuil cead agam é a thiomáint?" d'fhiafraigh sé de Herr Maier. Thug seisean an maide dó gan focal a rá. Bhrúigh Bernd air. D'imigh an trucail níos tapúla fós. Is ar éigean a bhí neart ag teastáil chun an maide a bhogadh. Chuir sé a aghaidh leis an ngaoth agus níor shaoirse go dtí é.

Chuir Leni lámh timpeall air. "Tá sé seo togha" arsa sí.

"Is leor sin" D'éirigh Herr Maier, agus ghlac áit ar an bhinse os a gcomhair. Bhrúigh sé lámha Bernd go cúramach ón mhaide agus tharraing an coscán. "Rachaimid ar ais."

Bhí iontas ar Leni "Is féidir leis dul ar gcúl freisin."

"Más mian leat," arsa Herr Maier "is ionann chun tosaigh agus ar gcúl. Ach suím i gcónaí ar an bhinse atá ag féachaint sa treo a bhfuilimd ag dul."

coscán – *brake*
maide – *stick, bar*

samhailt – *imagine*

Gluais siad go státúil ar ais.

Bhraith Bernd an t-áthas ag *trá ina bhrollach "Trua" arsa sé.

Gheall Herr Maier dóibh go labhródh sé le Herr Huber, máistir an staisiúin. "Muna bhfuil traein fógraithe don lá, b'fhéidir go bhféadfadh sibh dul níos faide, dul ar thuras ceart.

"Bheadh sé sin go hiontach." Léim Leni ón trucail agus scairt le Bernd "Beir orm".

D'fhág Herr Maier an draoi slán leo. "Gabh mo leithscéal" arsa sé agus d'umhlaigh do Bernd. Ná dearúd a rá le do mháthair an rud a dúirt mé leat." Agus chuimil sé a sheaicéad lena lámh cé nach raibh salachar ar bith ann le glanadh.

Rith siad go mall ina dhiaidh. Bhí an maidrín ar cúl arís. Labhair Poldi trína shrón "Is pleidhce é sin, mangaire dúmhargaidh, tá na Meiriceánaigh ar a lorg, dúirt mo mhám. Is dócha gur boc mór sna Nazis a bhí ann. Is cuma leis na Rúisigh, a deir mo mhám, mar go ndéanann sé gnó leo."

"Ach thaispeáin sé an rud iontach dúinn" arsa Leni "An Draisine".

"Sea an Draisine".

Bhí smaointí Bernd i bhfad i gcéin. Bhí sé ag taisteal ar bhóthar caol díreach go tír ina raibh a athair agus a mhathair ann. Tír nach raibh cogadh ann riamh.

"An bhfeicfimid a chéile arís?" D'fhiafraigh sé de Leni agus Poldi.

ag trá – *ebbing*

"Más maith leat" arsa Leni.

"Amárach ag an staisiún" arsa Bernd.

Rith siad óna chéile. Ba bhreá le Bernd an lá a bheith ag tosú arís agus iad ag dul ag snámh ins an Thaya.

Rinne an maidrín cinneadh obann. Rith sé ina dhiaidh.

1 *Draisine* – trucail chun fir oibre a iompar siar agus aniar ar an iarnród. (*bogie* i mBéarla)

CAIBIDIL A SÉ

An chos *chorr

Níor éirigh leis an madra a *ruaigeadh. Scread sé cúpla uair leis "Imigh leat!" Chaith sé clocha leis agus *ghread sé go feargach lena chos é. Shuigh an t-ainmhí trí mhéadar uaidh agus é ag faire ar a iarrachtaí.

"Ní féidir leat bheith liom, a mhadra. Ní ligfidh Frau Pluhar isteach thú gan trácht ar Tante Karla. Caithfidh sí amach an fhuinneog tú. Cinnte. Creid uaim é."

D'éist an maidrín leis, an ceann ar leataobh aige ach níor bhog sé ón spota. Shuigh sé ansin, Schnauzer beag, chomh dubh le préachán agus stumpa de eireaball in airde aige.

"Gabh i leith" arsa sé faoi dheireadh. Rith an maidrín chuige agus léim in áirde air. Chuimil sé a cheann. "Is cinnte go dtabharfaidh na mná bata is bóthar duit. Ach ná cuir an locht ormsa."

Bhí an chuma ar an maidrín gur thuig sé é. Stop sé den léim, shuigh sé síos ós a chomhair agus rinne *geonaíl. Nuair a tháinig siad gar don teach,

ghread sé é – *he struck it*   ruaigeadh – *chase*
corr – *odd, strange*   geonaíl – *whimper*

choimeád an t-ainmhí in aice leis.

Ó thosaigh siad an an mbóthar bhí uaireanta ann nuair a theip ar Bernd daoine fásta a thuiscint. Fiú Tante Karla, cé go raibh aithne aige uirthi fríd is fríd. Ach mar a bhí súil aige leis, chuaigh sí ar mire. "Céard é sin?" arsa sí agus shín sí méar leis an maidrín amhail is go raibh sí chun é a *lámhach ar an bpointe.

"Feiceann tú," arsa sé go ciúin agus rinne beag dó féin. Bhraith an t-ainmhí fearg Tante Karla agus isteach leis idir chosa nochta an bhuachalla. Níor fhág súile Tante Karla an madra. Bhí sí ina suí ag an mbord ag léamh. "Feicim rud nach bhfuilim ag iarraidh a fheiceáil. Agus táim ag iarraidh ort fáil reidh leis láithreach."

Thosaigh an madra ag geonaíl. Freagra soiléir a thug Bernd uirthi. "Ní dheanfaidh mé"

"An bhfuil tú as do mheabhair? An bhfuilim chun bia a sholáthar do ainmhí gan mháistir?" Chuir sí lámh ar a brollach, rud a dhéanadh sí i gcónaí nuair a bhí sí *corraithe. "Is leor tusa dom, a bhuachaill. Ní raibh mé ag súil leatsa ach an oiread." Bhraith sí go raibh an iomad ráite aici agus d'fhaisc sí na beola le chéile. Thainig na deora i súile Bernd. Níor labhair sí riamh leis mar sin.

Tháinig Frau Pluhar isteach sa seomra, gan cnagadh ar an doras. Bhí dosaen *catóirí curtha ar a ceann agus éadach tharstu – bhí cuma Bedouin mná uirthi. D'oscail sí a béal, dhún arís é agus d'fhéach orthu araon, duine i ndiaidh duine. Ar Tante Karla a d'fhéach sí ar dtús, ansin ar Bernd, a stan ar ais go

42

geoin – *whimper*   corraithe – *agitated*
lámhach – *shoot*   catóir – *curler*

cróga uirthi. D'fhéach sí ansin ar an madra a bhí ina shuí gan corraí as. Bhuail an chéad abairt uaithi Bernd mar bhuille. "D'fhéadfaimis an maidrín a róstadh. Tá feoil gann, tá fhios agaibh".

Chrom sé síos in aice an mhadra agus tharraing chuige é. Bhí eagla air go ndéanfadh sí é. Ansin thainig aoibh an gháire ar aghaidh leathan Frau Pluhar. "Tá an chuma ar an scéal", arsa sí "go bhfuil teifeach eile tar éis theacht isteach i mo theach gan cuireadh." Thug sí aghaidh ar Bhernd. Thosaigh an maidrín ag crith. "Ní gá dó eagla a bheith air romhamsa. Chomh fada agus a bhaineann sé liomsa is féidir leis fanacht libh, chomh fada agus is mian leis." Ní raibh Bernd ag súil le sin. Cheap sé nár chuala sé i gceart í. Ba mhíorúilt é.

"Cén t-ainm atá air, do mhaidrín?" arsa Frau Pluhar. D'fhreagair sé go tobann agus d'fhéach ar an mhaidrín "Mar atá, Hundi. Nach ea a Hundi?"

Bhí dóthán ag Tante Karla:"Agus cé gheobhaidh bia dó? Cé mhéad a chosnóidh sé sin orm?"

D'fhreagair Frau Pluhar go cairdiúil í. "Ní gá duit bheith buartha faoi sin fhad is atá sibh anseo. Agus ní fhéadfadh Hundi dul ar an traein. Mharódh na daoine é."

"Ach" theastaigh ó Bhernd cur ina coinne.

Bhris Frau Pluhar isteach air. "Féach air, féach ar Hundi. Is teifeach é freisin. Agus murb ionann agus sibhse tá sé lántsásta go bhfuil sé tagtha í dtír. Fág é." Ba iontach mar a d'éirigh léi dul go *haclaí ar a glúin

aclaí – *agile*; go haclaí – *adroitly*

agus ceann Hundi a thógáil idir a dá lámh móra. "Tá *bóna agam dó" Sheas sí chomh haclaí céanna agus thug cuireadh dóibh beirt theacht i gcomhair cupán caifé. "Ní caifé ceart é. Ach chuir mé cúig phónaire caifé isteach leis an *eorna. Tugaigí Hundi libh." Chas sí ar Tante Karla. "Caithfidh go bhfuil ocras air." Ní raibh Tante Karla chun ligean dí í a chur ar mhalairt aigne chomh héasca sin. Níor athraigh a haghaidh. "Sin gnó don bhuachaill. Is leis an madra."

Tae a raibh blas beag de caifé ann ab ea caifé Frau Pluhar. B'fhearr le Bernd imeacht le Hundi. Agus tar éis dó an leite a thug Frau Pluhar dó a ithe bhí Hundi lán agus réidh le himeacht.

"Tabhair aire agus ná tosaigh ar aon rud" ghlaoigh Tante Karla leis. Agus chuir Frau Pluhar *rábhadh eile leis "Tá *sliogáin marbh agus airm ina luí gach áit."

Bhí sé chomh te sin lasmuigh gur tháinig stad ar anáil Bhernd. Bhí an t-aer tiubh i ndáiríre. Is ar éigean gurbh fhéidir leis análú. Nuair a bhí sé ag féachaint ar Hundi, agus é ag slogadh siar na leite tháinig ocras air féin. Ach is cosúil nach raibh fonn ar bith ar Tante Karla dul ag lorg a gcoda ins an gcistín sa tsiléar leis an teas a bhí ann. Ní raibh fhios aige cén t-am é. B'fhéidir go mbeadh bia éigin fágtha ann. "Tar liom, Hundi" Lean an t-ainmhí é ar an bhfocal. Ba bhrea le Bernd rith ach dá ndéanfadh bheadh sé báite in allas. Bhí saothar anála ar Hundi agus lig sé dá theanga teacht as a bhéal. Bhí an t-adh le Bernd. Fuair sé lán a phláta. Ní raibh an stiobhach ach leath-the, níos fuaire ná an t-aer.

bóna – *collar*
eorna – *barley*

rábhadh – *warning*
sliogáin – *shells*

D'imigh an t-ocras. ach ghlan sé an pláta. Nuair a bhí sé críochnaithe lig sé *broim chomh laidir sin gur léim Hundi siar agus d'fhéach air go fiosrach. Rith sé go dtí an staisiún. Bhí Herr Huber ina sheasamh i lár grúpa ban agus é ag déanamh oráide. D'éist Bernd leis go dtí gur chuala sé gur ag caint faoin arm agus faoi chumhacht a bhí sé. Bhí Herr Huber fós gan féasóg. "Abair le do mháthair nach mbeidh traein ann an tseachtain seo."

"Déarfaidh mé le m'aintín é."

"Ceard é?" arsa Herr Huber.

"Faic."

Tar eis tamaill thuig sé go raibh sé ar an mbóthar céanna tríd an choill ar tháinig siad ón dteorainn air. Níos mó na seachtain ó shin. Bhí sé dorcha sa choill agus níos fionnuaire. Bhí eolas an tslí ag Hundi. Chuir sé scanradh ar Berndt nuair a d'imigh sé i bhfolach faoi na crainn agus gur tháinig sé amach ag áit eile ar fad. Ba chuimhin le Bernd, gur anseo a rinne sé *urlacan de dheasca an bhainne gabhair a tugadh dó ar fheirm ar an dtaobh thall den teorainn. Mheas Tante Karla go raibh bia mar sin ro-shaibhir dó, nach raibh a ghoile in ann deileáil leis. Chuaigh sé i dtreo sciobail bhig a bhí ar oscailt, áit ina ndearna siad sos an uair sin. An uair sin bhí a lámha chomh tinn sin nár fhéad se na málaí a iompar a thuilleadh. Ghlaoigh sé ar Hundi. Bhí an *díog taobh leis an chasán líonta suas ag pointe amháin agus bhí bealach isteach sa ghort. Bhí poll sa talamh a bhí clúduithe le féar tirim agus bhí boladh bréan milis ag

broim – *fart*   díog – *ditch*
rinne sé urlacan – *he vomited*

teacht uaidh. Bhí cuileoga dubha greamaithe le chéile ar an bhféar. Chuir an madra cos i *dtaca agus rinne geonaíl go ciúin.

Thóg Bernd céim i dtreo na gcuileoga agus chorraigh sé a lámha. D'éirigh na cuileoga agus d'imigh siad. Bhí cos le feiscint. Nó rud éigin a bhí ina chos tráth. Stan sé air. Chúlaigh Hundi. Bernd freisin. Ach níor éirigh leis dul ró-fhada. Scaoileadh urchar gar dóibh. Léim Hundi agus isteach leis sa díog.

Bhí beirt shaighdiúirí Rúiseacha ar imeall na coille agus rith siad i dtreo Bernd agus iad ag béicíl agus ag deánamh comharthaí. D'fhan sé ina sheasamh ar feadh nóiméid agus ansin rith sé leis, Hundi ina dhiaidh. Bhí na saighdiúirí níos tapúla. D'fhan duine amháin acu taobh thiar dó, rinne an duine eile iarracht an bealach a ghearradh air. D'éirigh Bernd as. Fuair duine acu greim ar a mhuinéal, sheas an duine eile roimhe. Labhair siad go feargach leis. Níor thuig sé focal. Nuair a mháirseáil na Rúisigh isteach in Brünn, mhol Tante Karla dó, agus í idir mhagadh agus dairíre, Rúisis a fhoghlaim. Is anois a bhí sí ag teastáil. Bhain Hundi greim as buatais duine de na saighdiúirí. Tugadh cic láidir dó. D'éalaigh sé píosa uathu. Bhain Bernd greim as lámh duine acu mar dhíoltas. Buille ar an gcluas a tugadh dó.

Thóg siad eatarthu é agus tharraing siad leo é. Ní raibh míniú aige ar a gcuid iompar. Ní raibh *coir déanta aige. Is de thaisme a fuair sé amach gur dócha gur dhuine marbh a bhí sa pholl. Rinne sé iarracht é féin a shaoradh. Choimeád na saighdiúirí greim níos

chuir sé cos i dtaca – *he refused to budge*   coir – *crime*

daingne air agus rinne gáire. Shleamhnaigh Hundi isteach in aice leo, a theanga ar leathadh amhail agus go raibh rún aige dul faoina gcosa. Smaointe *fánacha a chuaigh trí cheann Bernd. B'fhíor do Tante Karla : Nuair a bhíonn sé an-te, ní bhíonn na héin ag canadh. Cinnte ní fhanfaidh Leni agus Poldi liom amárach ag an staisiún. Ní fheadar an bhfásfaidh féasóg Huber arís. Ba mhaith liom dul abhaile. Smaoinigh sé ar Herr Maier a ndúradh faoi go raibh cónaí air i gceantar Rúiseach. "Inseoidh mé don Dochtúir Maier" arsa sé.

"Doktor Maierr!"arsa na saighdiúirí leis. Agus go tobann bhí dhá fhocal Gearmáinise ag duine acu. "Tar linn".

Thuig Hundi é agus chuir sé chun siúil. Lean na saighdiúirí agus Bernd é. Gan dabht bhí sé ag deánamh ar Herr Maier an draoi. D'fhág siad an casán. Thrasnaigh siad sruthán a raibh uisce ar éigean ann ach go leor cuileoga timpeall air, agus rith siad trí choill gur tháinig siad ar bhóthar cúng concréideach a raibh tithe beaga deasa bána ar gach taobh de.

Bhí Rúisigh ag faire lasmuigh de na geataí. Lig an fear faire tríd iad. D'fhán na saighdiúirí taobh thiar dó agus ghlaoigh "Doktor Maier" amhail is go raibh siad ag baint suilt as é a thabhairt anseo.

Bhí Herr Maier gléasta go deas in éide dubh agus é ina shuí in oifig bheag. Ní raibh sé leis féin. Os a chomhair amach ag an dara crinlín bhí oifigeach Rúiseach ag obair. "Doktor Maier" arsa na saighdiúirí agus lean orthu ag insint a scéil.

Uaireanta shín siad méar le Bernd, uair amháin le Hundi. Bhí an chuma ar Hundi go raibh tart mór air. Bhí a theanga ag lí an talaimh. Chas Doktor Maier ar a chathaoir agus thug aghaidh ar Bhernd.

"An tusa atá i mbun aistriúcháin anseo?" arsa Bernd.

"Idir rudaí eile." Bhí cuma dháiríre ar Herr Maier. "Cad a bhí á lorg agat ag na *huaigheanna?"

"Ní huaigh áit a bhfuil cos le feiscint."

"Teastaíonn uaim fháil amach cén fáth go raibh tú ag crochadh thart ar an áit áirithe sin"

"Níl fhios agam." B'shin an fhírinne. Ní raibh fhios aige. B'fhéidir toisc gur theastaigh uaidh dul ar ais píosa den bhóthar. "Ach níl cosc ar an uaigh."

"Tá" Chrom Herr Maier chun tosaigh, chuir a lámha ar *uillinneacha na cathaoireach agus labhair go ciúin amhail is go raibh rún a insint aige do Bhernd. "Tá sé fós ina chogadh a bhuachaillín. Tháinig tú ar uaigh nár chóir a bheith ann."

Níor thuig Bernd. Bhí rún á insint ag Herr Maier agus d'éirigh sé níos ciúine fós.

"Ar chuala tú riamh trácht ar – saighdiúirí Wlassow?"

Chuala sé. Bhí a lán cainte mar gheall orthu ag deireadh an chogaidh. Bhí arm curtha le chéile ag Ginearál darbh ainm Wlassow a throid ar son na nGearmánach i gcoinne na mBolséiveach. "Chuala" arsa sé. Bhí an chuma air nár chreid Herr Maier é. "Ba *naimhde an Airm Rúisigh iad. *Fealltóirí.

uaigh – *grave*
uillinneacha – *arms of chair, elbows*

naimhde – *enemies*
fealltóirí – *traitors*

Lámhadh iad agus iad ag teitheadh. Bhí siad i bhfolach ins na coillte thart timpeall. Ní bhaineann na huaigheanna linn. An dtuigeann tú?"

Níor thuig sé. "Má tá siad marbh, ní naimhde a thuilleadh iad."

Shuigh Herr Maier siar, las toitín agus chaith súil ar an oifigeach ag an gcrinlín os a chomhair amach. "Níl tuairim agat a ghasúir. Tá sé go dona, ach fíor. Fiú agus tú marbh, bíonn naimhde agat." Ghlaoigh sé ar Hundi agus threoraigh amach as an seomra an bheirt acu. "Is féidir leat imeacht."

"Agus na Rúisigh?"

"Níl suim acu ionat. Feicfimid a chéile go luath."

"An bhfeicfidh?"

"Imigí an bheirt agaibh."

Thiontaigh Bernd go tapaidh ar a shála. Bhí Hundi ag an doras roimhe. Shiúíl sé go mall agus iad ag dul thar na tithe bána, agus thar na Gardaí Rúiseacha, ach a luaithe a d'fhág sé an baile beag taobh thiar dó, rith sé.

Bhí Tante Karla ag fanacht le suipéar ach bhí drochspionn uirthi agus níor cheistigh sí é. Níor shíl sí go raibh sé ait ach an oiread gur imigh sé a luí díreach tar eis ithe. D'imigh Hundi i bhfolach faoin leaba, ina uaigh féin agus ní raibh oiread is gíog as.

CAIBIDIL A SEACHT

Fágtha taobh thiar

Dhúisigh Tante Karla é agus sceitimíní uirthi. Bhí na málaí ina seasamh timpeall uirthi. "Éirigh, Primel, tá gach rud curtha isteach agam. Fiú na rudaí geimhridh tá siad curtha isteach agam. Chuir Huber teachtaireacht chugam. Tá traein le teacht."

Bhí rudaí ag tarlú ró-thapaidh dó. Tháinig sé chuige féin go mall. Chroith Tante Karla go mífhoighneach é. "Ar aghaidh linn!" Bhí píosa aráin ullamh aici dó. D'fhéadfadh sé é a ithe ar an tslí.

"Brostaigh Primel, brostaigh." Rinne sí iarracht cabhrú leis a chuid eadaí a chur air agus chuir sí gach rud trína chéile.

Chuir sé ina coinne. "Má leanann tú de sin beidh mo bhríste orm droim ar ais".

Ní raibh Tante Karla chun stad. "Ní thabharfaí faoi deara thú."

Bhí athrú tagtha ar an aimsir thar oíche. Cé go raibh sé fós an-te, bhí scamaill dubha ag imeacht thar an bhaile. Chomh maith lena mhála droma "pearsanta" féin, bhí dhá mhála éadroma a n-iompar ag Bernd agus bhraith sé a lámha ag éirí tinn arís.

Rith Tante Karla amach roimhe. Stad sí go tobann agus rith sé isteach uirthi. "Theastaigh uaim a rá leat" arsa sise ag craitheadh a cinn go leithscéalach – "nach bhfaighidh tú an t-arán go mbeimid sa stáisiún. Tá na lámha lán agat."

Chuaigh sé thairsti agus níor fhéach sé siar uirthi. Agus choimeád sé chun tosaigh uirthi gur shroich siad an staisiún a bhí plódaithe le daoine a bhí ag *béicíl agus ag brú in aghaidh a chéile. Bhí carn mór bagáiste á thógáil acu agus iad in achrann lena chéile mar gheall ar áit ar an ardán.

Lig Bernd don dá mhála titim agus shuigh síos ar cheann acu. Rinne Tante Karla an rud céanna. Lig sí lena hanáil, d'fhéach ar an ruaille buaille agus dúirt go feargach: "Níl uainn anois ach tintreach agus tóirneach agus báisteach trom". Ar an bpointe, tharla an tintreach agus an tóirneach, i bhfad i gcéin. Osclaíodh fuinneog go tobann thuas ar an gcéad urlár den fhoirgneamh agus bhí Herr Huber le feiceáil. "Ciúnas" scread sé. "Táim ag impí oraibh bheith *aireach."

"Ceapann seisean gur Hitler beag é" arsa Tante Karla go ciúin. "Ba bhreá leis siúd seasamh ag fuinneog nó ar bhalcón agus oráidí a thabhairt."

Ach anois ba é Herr Huber, máistir an stáisiúin, a bhí ag labhairt:

"Níl an traein ar a bhfuilimid ag fanacht ag imeacht de réir an am-chláir."

ag béicíl – *shouting*
aireach – *attentive*

"Má bhí amchlár riamh ann…" Níor fhéad Tante Karla fanacht ina tost.

"Is traein mhíleata é. *Tuirlingeoidh na saighdiúirí Soivéideacha anseo. Tá sé in ainm agus dul ar aghaidh folamh, ach tá cead faighte againn paisnéirí a ligean ar bord. Beidh an traein ag dul go Krems, de réir an amchláir."

"Bhuel, béimid píosa níos faide ar aghaidh pé ar bith."

Don chéad uair, thuig Bernd nach raibh tuairim aige cá raibh triall Tante Karla. "Cá bhfuil tú ag iarraidh dul?" Chuir sé an cheist go ciúin, díreach ard go leor do chluasa géara Tante Karla.

"Go Wien" a d'fhreagair sí chomh ciúin céanna, amhail agus go raibh eagla uirthi go mbeadh an slua ar fad á leanúint.

Ní raibh caint Herr Huber críochnaithe. D'iarr sé ar an lucht feithimh ligean dona hoifigigh agus saighdiúirí Rúiseacha tuirlingt gan cur isteach orthu. D'ardaigh sé a ghuth "Níl sa traein ach trí charráiste" scread sé. "Ní bheidh gach éinne in ann taisteal leis. Táim ag impí oraibh smacht a choimeád oraibh féin. Má tharlaíonn troid, cuirfidh mé fios ar phóilíní míleata na Rúise. Táim i ndáiríre. Creid uaim é."

Chreid siad é. Chuir tintreach agus tóirneach an *buille scoir lena chaint. Dhún sé an fhuinneog agus go luath ina dhiaidh bhí sé thíos os comhair an staisiúin, a chaipín ar a cheann.

Bhí an slua trína chéile tar eis caint Huber. Bhí gach

tuirlingeoidh siad – *they will alight/descend*   an buille scoir – *finishing touch* éinne ag iarraidh bheith glic agus gan a thabhairt le fios go raibh siad ag iarraidh dul chun tosaigh, go himeall an ardáin.

"Fan i do shuí Primel" a d'ordaigh Tante Karla.

Níor tháinig an traein. Thainig meánlae, bhí na daoine níos suaimhní agus imithe le fada ó imeall an ardáin. B'fhéidir nach raibh sa traein ach scéal scéil.

Ach bhí Herr Huber cinnte go raibh an ceart aige. "Tá an telefón oifigiúil ag *feidhmiú le fada" arsa sé go húdarásach.

"B'fhéidir gur tháinig sé ó na ráillí" arsa duine éigin.

Sheas Herr Huber an fód. "Chuirfí sin in iúl dom."

Bhí Frau Huber agus a cara Fräulein Janowitz ag féachaint amach an fhuinneog. Níor aontaigh sí lena fear céile. "Is minic a dúradh linn go raibh traein le teacht agus níor thainig sé" arsa sí de ghlór ard leis.

Níor éirigh léi baint dá sheasmhacht. "Níl aon eolas agat faoi chúrsaí iarnróid."

Bheartaigh Frau Huber cuma árdnósach a chur uirthi féin agus d'fhéach sí amach thar a fear céile gan focal a rá. Thit Bernd ina leathchodladh.

Labhair Tante Karla léi féin. "*Caitear linn mar ainmhithe. Scartar óna chéile sinn agus cuirtear ar ais le chéile sinn. Má mharaítear duine againn, is cuma. Cad is féidir liom a dhéanamh? Faic. Agus an [1]*Führer* mór ba chúis le sin, tá sé imithe. Tá súil agam gur rug an diabhal leis é."

Leagadh lámh go trom ar ghualainn Bernd. "Conas

ag feidhmiú – *working*
caitear linn – *we are treated*

atá tú a thaistealaí?" Níor ghá do féachaint suas. D'aithin sé ón scáth agus ón nguth gurbh é Herr Maier an draoi a bhí ann. Chrom sé síos in aice le Bernd. Bhí sé gléasta go snasta i gcomhair féasta, déarfá. Ní raibh oiread is deoiríní allais ar a éadan agus bhí an ghruaig dhubh mín le Pomade. "Is trua go bhfuil tú ag imeacht uainn."

Ba thapúla Tanta Karla chun freagra a thabhairt ná Bernd. "An doigh leat go bhfuilimid ag iarraidh fanacht sa dumpa seo go deo."

D'fhan Herr Maier ciúin, béasach agus mheas Bernd go raibh a gháire cosúil le gáire sagairt. "Tá fhios agam go mbeidh modhanna taistil i bhfad níos fearr ná an traein seo san am atá le teacht."

"Tá an t-uafás ar eolas agat" Níor fhéad Tante Karla gan freagra giorraisc a thabhairt ar Herr Maier. "Is tusa an stiúrthóir rúnda is dócha."

"Féach air mar is mian leat, a bhean uasail."

Chuir feadaíl ghéar deireadh leis an gcomhrá, agus le *leisciúlacht an lucht feithimh. Bhí cuid acu chomh scanraithe sin gur rug siad greim ar an mála mícheart agus thosaigh ag troid leis an duine ar leis é. Chuaigh cuid acu timpeall i gciorcal ag lorg eolais. Léim daoine eile thar na málaí chun bheith chun tosaigh ar imeall an ardáin.

"Cabhróidh mé leat." Thóg Herr Maier dhá mhála agus rinne slí dóibh.

Tháinig an traein isteach go mall. Chuir an mhoill isteach ar na néaróga. *Shac Tante Karla a cás isteach

54
---
leisciúlacht – *laziness*
shac sí – *she thrust*

in *ioscaid mhná a *sháigh í féin isteach roimpi. Nuair a bhéic an bhean, chlaon sí a ceann go sásta.

"*Impím ort" arsa Herr Maier agus ba bheag nár phléasc Tante Karla. "Ní fútsa aon rud a impí ormsa, a phatrúin ró-naofa, a dhochtúir uasail do-fheicthe, a thaibhse as an aimsir caite, ná impigh aon rud ormsa nó pléascfaidh mé!"

Ag an nóiméad a raibh Tante Karla chun pléasctha, stop an traein. Osclaíodh na doirsí ar fad agus léim saighdiúirí Rúiseacha amach. Bhí gunnaí ag cosaint a mbrollach agus bhagair siad agus bhrúigh siad an lucht feithimh siar go borb. Thit daoine óna seasamh agus d'ardaigh daoine eile iad.

"Tabhair aire do na málaí nó brúfar faoi chois iad."

Chaill fiú Herr Maier a sheasmhacht "Ní féidir é a dheánamh mar seo" arsa sé. Níor chabhraigh an fhearg ná an abairt Rúisise a chaith sé le hoifigeach puinn leis. Rinne seisean gáire agus bhain *searradh as a ghuaillí.

Choimeád Bernd greim dhocht ar na málaí agus is ar éigean a bhí sé in ann anáil a tharraingt agus é sáite mar a bhí sé idir na daoine fásta. Bhí saighdiúirí fós ag tuirlingt de na carráistí. Thosaigh Bernd ag brú leis na huillneacha agus tugadh *achasáin dó dá bharr. Bhí Tante Karla agus Herr Maier an draoi imithe uaidh.

Go tobann tháinig athrú ar na daoine. Bhí an bealach fágtha saor ag na Rúisigh. Léim gach éinne chun tosaigh. Tarraingíodh Bernd leo. Choimeád sé greim

ioscaid – *hollow at back of knee*
shaigh sí í féin – *she pushed herself*
impím ort – *I beg you*

bhain sé searradh as a ghuaillí –
he shrugged his shoulders

dhocht ar na málaí. D'ardaigh lámh láidir é "Isteach leat!"

Bhí an carráiste ró-lán cheana féin. Sheas Bern sa phasáiste agus bhí sé in ann féachaint amach an fhuinneog. Amuigh ansin, san áit a d'imigh an bóthar isteach sa choill, bhí an Draisine ag fanacht air. Bhí coinne déanta aige le Leni agus Poldi ach ní raibh rian díobh le feiceáil. D'fhéadfaidis dul ar thuras ar an Draisine murach an diabhal traenach seo de chuid na Rúiseach a d'athraigh gach rud. Agus ansin thug sé faoi deara nach raibh Tante Karla ann. D'éirigh sé *righin le sceoin, agus rinne iarracht léim in airde chun féachaint thar cheann na ndaoine eile "Tante Karla!" scread sé "Tante Karla!"

"Dún do chláb" arsa bean amháin. Nuair a scairt sé arís thuirling lámh óna chúl ar a leiceann agus dhún a bhéal do. "Is féidir leat déanamh gan do aintín go cionn tamaill".

"Teastaíonn uaim dul amach!" Scread sé i gcoinne na láimhe, bhain greim aisti agus fuair buille láidir ar a shrón agus ar a bhéal. Bhraith sé an fhuil ag sileadh as a shrón. Níor theastaigh uaidh caoineadh agus a thaispeáint do na daoine seo gur *meatachán é.

Thosaigh an traein.

"Tiocfaidh d'aintín suas leat" arsa guth eile go bog. D'éirigh sé as. Cén fáth gur lig Tante Karla dóibh í a bhrú siar. Anois bheadh sí ag caoineadh agus ag lorg Primel. Ghlan sé an fhuil lena lámh óna bhéal agus an lámh ar ghúna na mná a bhí á bhrú lena droim agus lena tóin. Shuigh sé ar a mhála. Bhí an traein ag

tugadh achasán dó – *he was scolded*

righin le sceoin – *stiff with terror*
meatachán – *coward*

imeacht leis níos tapúla agus níos tapúla. Dhún Bernd na súile, chodail sé. Stop an traein gan coinne. Caitheadh na daoine ó thaobh go taobh. Dúirt guth ard lasmuigh "Tuirlingígí. Le bhur dtoil, tuirlingígí." Tháinig freagra gan mhoill ón dtraein. "Ní chuirfimid suas leis. Táimid ag iarraidh dul ar aghaidh, lig linn." Nuair a scaoileadh urchar tháinig tost obann.

"Tá siad i ndáiríre" arsa an bhean a bhuail Bernd.

Tharraing sé na málaí leis. B'fhéidir go bhfuil Nazi á lorg ag na Rúisigh sa traein, cheap sé. Ach is é féin a bhí á lorg acu! Chun a bheith níos cruinne, b'é Herr Maier an draoi a *d'aitigh ar na Rúisigh an traein a leanúint sa leoraí agus é a stopadh.

Bhí an chuma ar Herr Maier go raibh sé fós corraithe. Tháinig sé suas le Bernd agus cuma dháiríre air. "Tá do aintín ag fanacht ort." Níor labhair sé a thuilleadh. Chas sé leis na saighdiúirí Rúiseacha, labhair leo agus rug greim ar mhálaí Bernd. D'iompair sé iad go dtí an leoraí oscailte, dúirt le Bernd gan a bheith ag brionglóidí, tharraing é go dtí imeall an iarnróid agus thiomáin an leoraí ar ais an píosa a bhí déanta ag an traein. Chonaic Bernd na daoine ag filleadh ar na carráistí, iad ag brú arís agus tháinig giorrú anála air fiú ó bheith ag féachaint orthu.

Bhí Tante Karla ina seasamh léi féin ar an ardán. Ag an bhfuinneog ar an gcéad urlár bhí Herr agus Frau Huber. Lucht féachána den scoth. Rinne Bernd é féin réidh do dhráma Tante Karla. Thosaigh sé agus an leoraí ag druidim léi. Chroith Tante Karla lámh. "Cá

d'aitigh sé orthu – *he persuaded them*

bhfuair sí an ciarsúr bán?" arsa Bernd leis féin. Chuaigh sé i bhfolach taobh thiar de Herr Maier. Nuair a tháinig siad gar di, scáirt sí: "Primel, Primel!" Cén fáth gur ghá a rá leis an domhan mór gur thug sí Primel air?

Thóg Herr Maier anuas ón leoraí é. D'fhan Bernd. Rinne Tante Karla air, a gruaig trína chéile, saothar anála uirthi agus d'fháisc isteach ina bachlainn é. Ba dhóbair dó *tachtadh as an nua. An uair seo b'é an t-áthas ba chúis leis.

"Tá áthas an domhain orm" arsa Tante Karla "áthas orm go bhfuilimid ar ais le chéile.

Thug buaileadh bos na Huber misneach dí leanúint léi. Lorg Bernd spás beag anála do féin.

"Ní féidir liom smoineamh ar cad a d'fhéadfadh a tharlú duit. I measc na mBarbar sin ar fad."

"Ná téigh thar fóir" arsa Herr Maier agus fuair buaileadh bos dó féin ó na Huber.

"Ní féidir liom gan dul thar fóir." I *bhfaiteadh na súl scaoil Tante Karla le Bernd agus thóg Herr Maier ina bachlainn. "Is leatsa a chaithfimid buíochas a ghabháil. Conas is féidir liom é a chúiteamh duit, conas is féidir liom é a chúiteamh duit?"

Chuir Herr Maier Tante Karla go cairdiúil uaidh. "Níl aon cúiteamh ag teastáil, a bhean uasail. Agus coimeádfaimid beirt súil ar an lead."

"Agus cathain a thiocfaidh an chéad traein eile?" d'fhiafraigh Bernd.

táchtadh – *suffocate*   i bhfaiteadh na súl – *in the twinkling of an eye*

Thainig an freagra ón bhfuinneog, ó Herr Huber "Níl aon cheann ar an gclár do na laethanta atá ag teacht, seachas cinn nach stopann."

Rinne siad a mbealach go Frau Pluhar, go dtí an t-arasán. Bhí súil ag Tante Karla nach mbeadh sé tugtha amach ar cíos cheana féin.

"Cé dó?" arsa Herr Maier. Tar éis do Tante Karla dul thar fóir arís ag fhágáil slán leis os comhair an tí, chuir sé dhá mhéar faoi smig Bernd, d'fhéach isteach ina shúile agus dúirt "Sula n-imíonn sibh i gceart, d'fhéadfása cabhrú liom píosa. Tiocfaidh mé amárach nó an lá dár gcionn."

Bhí Bernd traochta.

Thug Frau Pluhar anraith tiubh phrátaí dóibh.

Sular thit sé ina chodladh chuala sé Tante Karla a rá "Ní féidir liom smaoineamh air, dá mba rud é gur imigh Primel uaim sa traein."

1 Führer – ceannaire

C A I B I D I L   A   h O C H T

Turas baolach

Ba é *tafann Hundi a mhúscail Bernd ar maidin. Níorbh fhéidir é a chiúiniú. Rith sé anonn agus anall idir Bernd agus Tante Karla, a chuid cleasanna, idir shean agus nua á dtáispeáint aige. Bhraith Tante Karla fiú an gliondar a bhí air. "Má tá an méid sin gliondair ar an madra, bhí an ceart againn fanacht anseo." D'aontaigh Bernd léi.

An tráthnóna roimhe bhain siad geit as Frau Trübner agus as na mná eile sa tsiléar. "An amhlaidh nár imigh sibh?"

D'fhéach Tante Karla timpeall orthu "Sinne atá ann inár *steillbheatha agus nach *méanar dúinn bheith anseo libh."

Níor thaitin an ráiteas morán le Frau Trübner: "Dá mbéadh gach éinne mar sin…"

"Sa chás sin" lean Tante Karla uirthi "ní ag dáileadh bia go cárthannach ar dhaoine gan dídeán a bhéifeá ach ag *carnadh do stóir, a chroí."

tafann – *barking*
ina steillbheatha – *as large as life*
is méanar dúinn – *it is well for us*
carnadh – *accumulating*

D'inis sí do na mná faoi mar a tháinig Herr Maier i gcabhair orthu. "Ba dheas uaidh an lead a thógaint as an traein, ach creid uaim é, ní dhearna an duine sin rud ar bith riamh gan mhachnamh roimh ré air" arsa bean amháin.

"B'fhéidir go bhfuil rud i gceist aige don lead. Ba chóir duit bheith ar an *airdeall" arsa Frau Trübner.

Níor thaitin an chaint sin le Bernd, ná le Tante Karla "B'fhéidir go bhfuil rudaí dorcha ina chúlra nó go bhfuil sé as a mheabhair – ach ba *aingeal coimhdeachta ceart dúinne é" ar sise.

Shéid Frau Trübner trína pluic agus dúirt "Sin mar a shamhlaigh mé aingeal coimhdeachta riamh."

"Ní mar sin a shamhlaigh mise é" arsa Bernd.

"Imigh leat!" Ba léir go raibh drochspionn ar Frau Trübner.

Líon sé a phláta leis an anraith chabáiste nó "Irishstew" – mar a thugadh Frau Trübner ar an meascán de anlann, phrátaí, chabáiste bán agus an méid is lú feola. "Trí phíosa feola le haghaidh cúig líotar uisce" a dheireadh sí.

Nuair a bhí a bholg teann ghabh sé leithscéal de ghuth íseal agus d'imigh sé leis. Straitéis chliste a bhí ann mar bhí a béal lán ag Tante Karla agus níorbh fhéidir léi glaoch ina dhiaidh.

Bhí Hundi ag fanacht ag doras an tsiléir.

"Tar liom!" arsa Bernd leis. Ní raibh fhios aige féin cá háit. Bhí an iarnóin ar fad aige agus an tráthnóna

ar an airdeall – *on the look out*   aingeal coimhdeachta – *guardian angel*

leis, dá mba ghá. Bhí súil aige go bhfeicfeadh sé Leni agus Poldi.

Agus chonaic. Bhí siad ina suí ar bhinse os comhair an staisiúin; ní raibh éinne ag fanacht ar thraein anois tar éis do Herr Huber a chur in iúl nach mbeadh ceann arís go cionn tamaill. "Féach Poldi" arsa Leni "dúirt mé leat go dtiocfadh sé."

"Mise an ea?"

"Cé eile?" arsa Poldi agus chuimil sé a shrón lena mhéar.

Shuigh Bernd in aice le Leni agus ina ainneoin féin lean a shúil na ráillí síos go híor na spéire, áit ar tháinig siad le chéile mar aon líne amháin.

"Chualamar ó Huber gur thóg Maier as an traein thú."

"Thóg toisc go raibh Tante Karla ró-amaideach agus rómhall."

"Nach bhfuil áthas ort" d'fhiafraigh Leni "go mbeidh muid le chéile tamall eile?"

"Tá saghas," arsa seisean.

Thug Leni faoi deara an focal saghas. "Níl áthas ceart ort."

"Tá." Níor theastaigh uaidh Leni a ghortú, thaitin sí leis. "Ach, uair éigin beidh orainn imeacht. Ní hé seo an baile dúinne."

"Cad as díbh?" d'fhiosraigh Poldi.

"As Brünn. Ach ní féidir linn dul ar ais ansin."

"Fanaigí anseo mar sin" D'fháisc Leni a lámh. "Beidh oraibh teach a fháil díbh féin, áit éigin."

"Ba mhaith le Tante Karla dul go Wien."

"An raibh tú riamh ann?"

"Bhí. Ach níl cuimhne agam ar aon chuid de."

"Beidh tú in ann cuimhniú ar Laa" arsa Poldi go smaointiúil.

"Cén fáth cuimhniú, tá mé anseo."

"Sin an fáth" rinne Lena gáire agus d'fháisc a lámh arís.

"Caithfidh gur cuma leat cé acu i Laa nó i Wien atá tú."

"Is cuma liomsa. Ach ní cuma le Tante Karla."

"Táimid le chéile go fóill anois." Léim Leni ina seasamh. Chas sí timpeall cúpla uair agus d'ardaigh a sciorta "Cad a dhéanfaimid anois?"

Chuir Poldi a mhéar ina shrón. "Níl fhios agam."

Bhí fhios ag Bernd. "Imeoimid leis an Draisine."

Bhí imní ar Poldi "Tharlódh go mbeadh Huber ar buile."

"Dá gcuirfimis ceist air?"

"Ní ligfidh sé dúinn."

"Cuirfidh mé ceist air."

Bhí eagla ar Bernd go dtabharfadh Huber íde béil dó. Ach lean sé ar aghaidh. Ní raibh doras arasáin na Huber dúnta. Chuaigh sé suas an staighre cúng agus bhuail cnag air. D'oscail Frau Huber láithreach. Cheapfadh duine gur ag fanacht taobh thiar den doras a bhí sí. "Tusa atá ann" arsa sí go díomách. Ní leis siúd a bhí sí ag fanacht ach le Fräulein Janowitz a mbeadh roinnt scéalta aici di.

"Ba mhaith liom labhairt le Herr Huber," arsa sé sular smaoinigh sé ar "Dia dhuit!" a rá.

"Níl mo fhear céile anseo. Má tá eolas ag teastáil, gheobhaidh tú sa gháirdín é taobh thiar den ardán …"

Rith Bernd síos an staighre. Bhí fhios aige an áit. Bhí *sreang dhealgach timpeall ar an gháirdín chun na plandaí a chosaint ar ainmhithe ocracha ar nós fianna, coiníní agus gráinneoga agus ar Rúisigh, theifigh, pháistí agus ainmhithe fiaine eile. Bhí an sreang chomh hard le fear agus bhí trí ghlas ar an doras. Taobh thiar den sreang bhí cairéid, raidísí, prátaí, trátaí, pónairí , spíonáin agus cuiríní dubha ag fás. Bhí Herr Huber ag féachaint ar a chuid pónairí.

"Tá sé á gcomhaireamh féachaint an bhfuil siad ar fad fós ann" arsa Polde de chogar.

Thóg sé tamaillín Herr Huber a tharraingt óna a chuid pónairí. Rinne siad comharthaí dó agus ghlaoigh "Dia dhuit Herr Huber" agus nuair a theip ar sin rinne siad feadaíl go héadtrom.

Faoi dheireadh thug sé faoi deara iad. "Cad tá chomh práinneach sin?" Bhog sé níos gaire don sreang dhealgach. "Cad tá uaibh?"

B'í Leni a labhair "An bhfuil cead againn dul ar thuras gearr sa Draisine?"

Ní raibh Herr Huber ag súil leis an iarratas seo. Is dócha go raibh sé fós ag comhaireamh na bpónairí ina aigne. D'fhéach sé amach tharstu. Is ar éigean a

sreang dhealgach – *barbed wire*

bhí siad in ann análú. D'fhéadfadh rud ar bith é a chur ar mire.

"Ní féidir liom an cead sin a thabairt díbh. Má thagann an traein…"

"Ach tusa a dúirt linn nach bhfuil ceann ag teacht" arsa Poldi go cróga.

"Dar ndóigh, sin a dúirt mé" Sheas Herr Huber leis an méid a bhí ráite aige, mar ba dhual do staisiúnmháistir a dhéanamh.

"Mar sin, ní féidir linn buaileadh le aon rud."

"Is fíor sin go bunúsach, ach an é sin é?

"Cad tá i gceist agat Herr Huber?" arsa Bernd.

"Níl sibh chomh hamaideach sin nach dtuigeann sibh."

"Nílimid chomh hamaideach sin" arsa Poldi le cinnteacht agus d'fhéach go ceisteach ar Bernd.

D'fhan siad ina dtost.

Ghéill Herr Huber "Ach ná téigí as radharc, díreach turas gearr timpeall an staisiúin."

"Go raibh maith agat" arsa an triúr agus d'imigh siad leo. Go dtí an Draisine. Bhí sé ag fanacht san áit inar fhag siad é.

Scaoil Bernd an coscán. D'fhan Hundi ina shuí idir na ráillí agus é ag geonaíl.

Bhrúigh Poldi agus Leni go láidir ar an mhaide gluaiste. Bhí fhios acu faoin am seo gur dheacair é a thosú. D'fhan Bernd chun tosaigh ar an ardán – an captaen ag faire amach roimhe.

Tháinig siad gar don staisiún. Bhí cúpla duine ina seasamh ann. Stan siad orthu le hiontas

"An bhfuil sé sin ceadaithe?" scairt bean amháin

"Tá" a scairt an triúr acu ar ais. "Thug Herr Huber cead taistil dúinn" arsa Poldi.

D'imigh an Draisine níos tapúla.

"Ar chóir domsa brú freisin?" d'fhiafraigh Bernd.

Bhí Poldi agus Leni den tuairim gurbh fhearr dó faire amach. D'fhéadfadh traein teacht ina dtreo.

"Draisine eile b'fhéidir."

"Bheadh sé sin togha."

"Draisine eile."

"Cá bhfuil ár dtriall?" chuir Leni an cheist.

"Go Wien" arsa Poldi.

"Ní hea, isteach sna sléibhte go dtí an Dachstein," arsa Leni.

"Nó go dtí an fharraige," arsa Bernd go ciúin agus cheana féin chonaic sé í, os a chomhair amach, *fairsinge mhór uisce, tonntracha ollmhóra agus mórchuid bád le seolta daite.

"An raibh tú riamh ag an bhfarraige?"

"Ní raibh go fóill. Ach táimid ag dul ann anois"

D'fhan siad ina dtost ar feadh tamaill, a n-aghaidheanna le gaoth. De réir a cheile d'éirigh Poldi agus Leni tuirseach den bhrú. Ach fós níor cheadaigh siad do Bernd cabhrú leo.

*fairsinge – expanse

"D'fhéadfaimis dul níos moille, ar feadh tamaill ar a laghad" arsa Poldi.

"Agus b'fhéidir gur cheart dúinn filleadh mar cinnte ní féidir le Huber sinn a fheiceáil ón staisiún níos mó."

"Tá seisean ag comhaireamh na bParadeiser ina ghairdín."

"Cad é?" arsa Bernd.

"Nach bhfuil fhios agat cad iad Paradeiser? Cad as duit? Tugann na Piefkes trátaí orthu."

"Agus cé hiad na Piefkes?"

" Na Gearmánaigh."

"Ach is Gearmánaigh sibhse freisin."

Chroith Poldi agus Leni a gceann go bríomhar.

"Ní hea. Is Ostaraigh sinne."

"Ach throid sibh don Führer."

"Throid. Ach tá athrú ar chúrsaí anois" a mhínigh Poldi go bródúil "Is Ostaraigh muid arís.

"Sea" arsa Leni "Agus bhí an bua againn ar na Gearmánaigh."

D'fhéach Bernd thar a ghualainn orthu. "Tá sibh as bhur meabhair."

"Cuir ceist ar mo Mhamaí" arsa Leni.

"Nó ar mo Dheaidí" arsa Poldi.

"B'fhearr liom ceist a chur ar Tante Karla."

"Is teifeach ise. Ní bheadh fhios aici."

D'éirigh Bernd as. Níor theastaigh uaidh dul ag troid le Poldi agus Leni. Nach Gearmánaigh iad na hOstaraigh nó ba Ghearmánaigh iad tráth agus cén fáth go tobann gur Piefkes iad na Gearmánaigh agus na hOstaraigh ina nOstaraigh arís. Bhí gach rud trína chéile. "Ba mhaith liom dul ar aghaidh" arsa seisean. Sheas sé suas agus thóg áit Leni ar an maide gluaiste.

"An mbeidh fhios againn an slí ar ais?"

Scaoil Poldi leis an maide agus chuir na lámha san aer "Ba dheas bheith chomh h-amaideach leat Leni. An dóigh leat go bhfuil casadh taréis theacht ar na ráillí taobh thiar dínn agus go bhfuil siad imithe leo treo eile?"

D'imigh siad thar *ladhróg ar an ráille. Chuir sé sin eagla ar Leni "B'fhearr dúinn stopadh. B'fhearr filleadh."

Anois ní raibh fonn ar bith ar Poldi géilleadh. Bhí an fonn céanna taistil air is a bhí ar Bernd. D'fhéach Bernd chuige gur imigh an Draisine níos tapúla. Bhí na páirceanna thart timpeall orthu dóite ag an ghrian. Ós a gcomhair amach, píosa fada uathu go fóill, bhí sraith foirgneamh.

"Ní raibh cead againn dul ansin riamh. Sin an campa" Theastaigh ó Leni casadh.

Is ar éigin a bhí na focail ráite aici gur chualathas fuaim, agus léim clocha ón talamh in aice an Draisine.

D'aithin Bernd an fhuaim. Rug sé greim ar Leni, tharraing anuas ón Draisine í agus thog leis taobh thiar den chlaí í. Lean Poldi láithreach é. "Scaoil

ladhrog – *catch-point, switch on railway*

duine éigin gunna," arsa sé agus chuir lámh timpeall ar Leni chun í a chosaint. Bhrúigh Poldi suas in aice leo "Sin iad na Rúisigh. Cinnte. Tá siad lonnaithe sa champa, dúirt mo Mhamaí."

Scaoileadh a thuilleadh urchar. Léim na clocha suas agus bhuail siad ardán an Draisine.

"Is ag scaoileadh le maisín-ghunna atá sé," arsa Bernd. An chéad uair a d'éalaigh siad ó Brunn, an uair a d'fhill siad abhaile arís mar nach raibh fhios ag Tante Karla an éireodh leo teacht tríd, d'ionsaigh eitleán an traein agus chuaigh siad i bhfolach faoi na carráistí. D'eitil na clocha timpeall mar an gcéanna agus bhain na hurchair ceol as na ráillí nuair a bhuail siad iad.

Bhí sé ciúin, marfach ciúin. Chuala siad a gcuid analú féin. Bhrúigh Bernd isteach níos gaire do Leni agus ise leis. D'análaigh sé in éineacht léi agus chuimil a aghaidh i gcoinne a láimhe. "Níl cead acu bheith ag scaoileadh le páistí" arsa Poldi go ciúin.

"Níl cead ag páistí bheith ag taisteal ar Draisine," arsa Leni.

"An bhfeiceann sibh aon rud?" d'fhiafraigh Poldi.

Scaoil Bernd a ghreim ar Leni, d'ardaigh sé é féin agus d'fhéach thar an gclaí. Ní raibh rud ar bith ag bogadh ag an gcampa.

"Ní fheicim Rúiseach ar bith" Chrom sé agus rinne iarracht an Draisine a bhrú chucu. Bhí sé níos éasca ná mar a cheap sé. "Ceapaim" arsa sé go mbrúfaimid an Draisine ar ais go dtí an ladhróg agus go léimfimid air ansin."

Bhí sé níos faide ná mar a cheap siad agus d'éirigh an Draisine níos troime. Ghortaigh siad a gcosa ar na clocha.

"Na diabhail Rúisigh," arsa Poldi. Bhí Leni ag caoineadh.

Nuair a bhain siad an ladhróg amach léim siad ar an ardán agus d'fhán ar a nglúine ann ionas nach mbeidís ina *sprioc ag na Rúisigh. Is mar sin a bhrúigh siad an Draisine ar na seanráillí i dtreo an staisiúin. Bhí siad cinnte go bhfaigheadh siad íde béil ó Herr Huber. Ach bheannaigh an stáisiún-mháistir go cairdiúil béasach dóibh amhail is gur gnáth-thraein de réir amchláir a bhí iontu "Tá súil agam go raibh turas maith agaibh," ar seisean.

Chlaon Bernd a cheann.

Nuair a thosaigh Leni ag labhairt, theastaigh ó Pholdi stop a chur léi ach níor thuig sí. "Scaoileadh orainn," ar sise.

D'éirigh aghaidh Huber bán le heagla agus ansin dearg le buile "Bhí na hurchair tuillte agaibh. Ba chóir go dtuigfinn nach n-éisteodh Slávaigh liom is go n-imeodh sibh thar an ladhróg isteach i limistéar na Rúiseach."

"Ach níor inis tú dúinn faoin ladhróg."

D'ardaigh Herr Huber a lámh dheas agus bhí Bernd ag fanacht le buille uaidh ach fuair Herr Huber greim air féin ag an nóiméad deiridh: "Níor luaigh mé é mar níor smaoinigh mé riamh go rachadh sibh chomh fada sin. Tá an t-ádh libh nár tharla rud níos

sprioc – *target*

measa díbh. Is cinnte go gcloisfidh mé ó údaráis na Rúiseach mar gheall oraibh" D'fhéach sé orthu, duine i ndiaidh duine, go brónach "Cuirfimid an Draisine anois ar an ráille ar leataobh. Agus beidh deireadh leis an gcluiche seo."

Bhrúigh siad go mall an gléas iontach go dtí an áit. Bhí gach rud millte orthu ag na Rúisigh. Chuardaigh Bernd lámh Leni. Bhí sí in aice leis. Ní raibh fonn orthu an Draisine a fhagáil. Níor theastaigh uathu fós ligint don aisling imeacht.

Bhrúigh Leni a lámh "D'fhéadfadh na Rúisigh sinn a mharú lena gcuid urchar, tuigeann tú?"

Poldi, a d'fhreagair. "Ní raibh mórán eagla ormsa. Tá na Rúisigh ró-amaideach chun an sprioc a aimsiú."

"Ach bhí eagla ormsa" arsa Bernd.

"Ormsa freisin" arsa Leni.

CAIBIDIL A NAOI

Airgead sa bhróg

Ag meánlae an lá dár gcionn, d'inis Frau Trübner dóibh, go raibh uirthi éirí as an obair a bhí ar siúl aici chun na teifigh a chothú. Ní raibh na costais á nglánadh aici. Agus freisin bhí a lán dá ' *haíonna' imithe leis an traein. Bheadh an béile deiridh á dháileadh amach aici amárach. Is ar éigean a bhí Tante Klara in ann srian a choimeád uirthi féin go dtí go raibh an siléar fágtha acu. "An *mhinseach bhréagchráifeach! Níl na costais á nglánadh aici! Tá mála óir saothraithe aici leis an méid seodra agus rudaí luachmhara eile atá faighte aici ó na teifigh."

Chuir Bernd ina coinne "Gan Frau Trübner agus na mná eile sa tsiléar bheadh bás faighte againn den ocras."

Níorbh fhéidir leis í a chur ar mhalairt tuairime. "Ní dócha go bhfaighimis bás. Ach tá an ceart agat Primel, chabhraigh Frau Trübner linn cinnte. Cuirfimid lena cáil. Agus mar atá fhios againn, tá dhá thaobh i gcónaí ar charthannacht: maitheas agus airgead."

aíonna – *guests*
minseach bhréagchráifeach –
 sanctimonious nannygoat

Bheartaigh Tante Klara go rachadh sí féin i mbun cócaireachta. Bheadh Frau Pluhar sásta an chistín a roinnt léi. Agus fhad a rinne siad a mbealach go teach Pluhar, chum sí óráid faoin bhfanacht. Níor lean sé í ach anseo is ansiúd mar go raibh sé ag smaoineamh ar Leni agus ar an Draisine.

"Fanacht! Fanacht! Fanacht! Tá mo bholg lán den fhanacht. De bhrí gur bheartaigh an t-amadán sin, Hitler, cogadh a dhéanamh ar leath an domhain. Agus daoine a mharú, agus daoine eile a chur as a mbaile. Fanacht ar thraenacha nach dtagann. Ag fanacht, go ndíolfar linn nó go mbronnfar arán orainn. Fanfaimid ós comhair an tsiopa mar go bhfuil scuaine daoine ansin, muid ag súil go mbeidh rud éigin ar fáil, iallacha bróga, *pionnaí éadaí nó spré don arán. Fanaimid agus níl cead againn an cheird a bhfuilimid oilte uirthi a chleachtadh. Níl fáilte romhainn aon áit. Ceapann muintir na háite gur *cladhairí, agus *cneamhairí muid. Tá súil agam, Primel nach mbeidh ort arís i do shaol fanacht mar atáimid anois."

D'fhág sé slán aici go tobann ionas nach n-éireodh le Tante Klara greim a choimeád air.

"Ná déan aon rud amaideach, Primel" ghlaoigh sí ina dhiaidh.

"Ní dheánaim ríamh" ghlaoigh sé ar ais agus fhios aige gur chuir an méid a dúirt sé isteach uirthi.

Ar dtús thug sé cuairt ar an Draisine, léim suas air, shuigh ar an mbinse, rug greim ar an maide amhail is go raibh sé chun imeacht leis, i bhfad i gcéin. Dhún

pionnaí eadaí – *clothes pegs*   cneamhaire – *rogue*
cladhaire – *villain, trickster*

sé na súile agus bhraith sé gaoth na gluaiseachta. Tar éis tamaill bhraith sé ina amadán, ag brionglóideach ar Draisine nach raibh cead taistil air. Léim sé síos agus rith sé isteach sa choill taobh thiar den ráille. Ní raibh aithne curtha ar an gcoill go fóill aige.

Bhí an talamh faoi na crainn bog agus tais faoina chosa nochta. Bhí na crainn ag fás le chéile mar scáth ollmhór. Bhí sé níos fionnuaire ná mar a bhí taobh amuigh. Lean sé casán agus tháinig sé ar fhothrach botháin. B'fhéidir go raibh saighdiúirí ina bhfolach anseo, smaoinigh Bernd, saighdiúirí Wlassow, a ndearna Rúisigh eile *géarleanúint orthu. Chuaigh sé tríd na ballaí briste, ag lorg rudaí a d'inseodh dó cé bhí tar éis *tearmann a lorg anseo. Ní raibh aon rud le fáil. Níor bhraith sé sona ins an áit. Rith sé níos faide isteach sa choill, cé go raibh fhios aige go raibh sé ag druidim le teorainn na Seice. Bhí súnna talún fiáine ag fás ina *slaodanna. Ní raibh am ag éinne iad a bhailiú. Nó bhí an ceantar ró-bhaolach. Chruinnigh sé lán a dhoirn agus d'ith iad ceann i ndiaidh a chéile. Líon an blas a bhéal.

Bhí truc dóite ina sheasamh i *réiteach sa choill. Agus é ag druidim leis léim cat fiáin amach as an gcabán ach níor imigh sé leis. Sheas sé ansin, chuir *cruit air féin agus rinne siosarnach. Chúlaigh sé siar agus rith ar aghaidh ar an gcasán tríd an choill. Níor theastaigh uaidh géilleadh don eagla, iompú thart agus rith ar ais go dtí an baile chun dul síos chuig an abhainn le Hundi nó chun Poldi agus Leni a lorg. Uair amháin, taréis ionsaí na n-eitleán labhair sé faoin eagla a bhí air le Tante Klara. Bhí siad ina luí faoin charráiste.

gearleanúint – *persecution*   réiteach – *clearance*
tearmann – *sanctuary*   chuir cruit air féin – *it arched*
ina slaodanna – *in quantities*   *its back*

Thóg sí ina bachlainn é agus labhair leis faoin eagla a bhí uirthi féin. "Creid uaim é, bhí cac níos measa agamsa ná mar a bhí agat" Thug sí 'cac' ar an eagla, mar go bhféadfá cac a dhéanamh trí eagla.

I bhfad uaidh chuala sé guthanna. Níorbh fhéidir leis a dhéanamh amach cé acu Gearmáinis nó Seicis nó Rúisis a bhí á labhairt. Bhí siad achar maith uaidh. Tháinig sé go réiteach eile, páirc mhór gan crainn. Stop Bernd, d'fhéach timpeall. Ar dtús ní fhaca sé an fear a bhí ina shuí ar stumpa crainn, píosa maith uaidh, a dhroim leis. Nuair a thug sé faoi deara sa deireadh é, d'aithin sé láithreach é: Herr Maier a bhí ann. É gléasta i gcónaí sa chulaith dubh agus an chuma air go raibh sé ina shuí ansin go síoraí, anseo i lár na coille.

*Théaltaigh Bernd suas air mar a dheanfadh Indiach. Bhí sé ag faire amach do gach píosa adhmaid a d'fhéadfadh briseadh faoina chos agus is ar éigean a tharraing sé anáil. Bhí Herr Maier ina shuí cromtha chun tosaigh amhail agus go raibh sé ag féachaint ar rud éigin ar an talamh. Bhí an seaicéad thar a ghualainn. "Trí chéim eile agus is féidir liom é a bhrú chun tosaigh", smaoinigh Bernd. Ach níor éirigh leis. Chas Herr Maier timpeall go tobann. "Captaen Brógíseal? Cheap tú go bhfuil an seanfheirmeoir bodhar. Ar cheap?"

Bhí an stumpa mór go leor chun go bhféadfadh Herr Maier spás a dhéanamh dó air. "Suigh síos, deán tú féin compordach, lig do scíth ón siúlóid."

Bhí na bróga dubha bainte ag Herr Maier. Bhí siad

théaltaigh sé – *he sneaked*

ina seasamh go néata os comhair a chosa amhail is go bhféadfaidis imeacht dá stuaim féin. "Níor chóir duit bheith ag crochadh timpeall anseo, a Chaptaen. Tá an ceantar seo baolach. Is minic a bhíonn Indiaigh dhearga áirithe thart timpeall anseo, iad ar meisce ag uisce tine."

"Ní hann dá léithéid."

"Séard atá i gceist agam ná saighdiúirí ar meisce a thagann anseo ó am go chéile agus a scaoileann cúpla urchar."

D'fhéach Bernd ar an aghaidh leathan a raibh rian dubh féasóige air. "Ach ní scaoileann siad le páistí."

"Dar ndóigh. Ní ainmhithe iad. Ach is féidir le halcól deamhain a dhéanamh díobh. Ní amháin de na Rúisigh, d'ár muintir féin freisin."

"An raibh tusa i do shaighdiúr?"

"Bhí." Ní raibh focal eile as. I bhfolach taobh thiar den fhocal amháin sin bhí gach rud a bhí faoi chaibidil ag muintir Laa. Ba chuma fíor nó bréagach é. Níor chuir Bernd a thuilleadh ceisteanna.

Shuigh siad tamaill ina dtost le chéile. Leag Herr Maier méar ar a bheola. Ag imeall an réitigh chuaigh scata fianna tharstu. Taréis dóibh imeacht, las sé toitín, agus a shúla leathdúnta thóg sé beart airgead páipéir as an phóca ar an taobh istigh dá sheaicéad. Airgead Seiceach a bhí ann. Thosaigh sé ag comhaireamh an airgid, rinne dhá chuid den bheart agus chuir leath isteach i ngach ceann dá bhróga. Ansin chuir sé air na bróga. Rinne sé *draidgháire le Bernd. "Camshrón, tá ór aige in bróga."

draidgháire – *grimace*

Bhí faitíos air arís roimh Herr Maier an draoi, mar a bhí an chéad lá i Laa nuair a tháinig sé tríd an bhalla, agus sheas go tobann ansin roimhe.

"Ná abair focal, ná cuir ceist" Sheas Herr Maier suas, an t-airgead faoi bhoinn a chosa agus d'fhéach síos ar Bhernd.

B'fhearr le Bernd gan ceist a chur. Níor theastaigh uaidh eolas a fháil faoi na bróga a bhí lán d'airgead. Chlaon sé a cheann.

Chuir Herr Maier lámh ar ghualainn Bhernd. Le gach abairt, d'éirigh sí níos troime. "Seachain nach bhfaigheann tú freagra ar an gceist nár chuir tú. Tá deireadh leis an gcogadh, le dhá mhí anois. Cailleann airgead de chineál amháin luach, bíonn luach níos mó ar an gcineál eile, ar feadh tamaill, ar a laghad. Sar i bhfad beidh luach níos mó ar an Krone Seiceach ná mar a bheidh ar an scilling Ostarach. Le hairgead mar sin is féidir airgead a shaothrú. An dtuigeann tú, a Chaptaen Bódhall? An t-aon áit a bhfuil an baol ná ag dul thar an teorainn. Is ansin a fhaighim Reichsmark nach fiú rud ar bith iad do na Seicigh agus tugaim Krone dóibh nach fiú faic iad do na teifigh. Fágtar an brabús agam féin. Tháinig tú orm díreach ag an nóiméad go raibh mé ag líonadh na mbróg chun dul thar an teorainn. Guigh an t-ádh orm, a mhic, agus fág an choill chomh tapaidh agus is féidir leat agus téigh ar ais chuig d'aintín uasal."

Bhain Herr Maier a lámh ó ghualainn Bernd, chas timpeall agus thosaigh sé ag imeacht thar an réiteach, a bhróga lán le hairgead.

"Seans go mbéarfaidh siad ort ag an teorainn" arsa Bernd.

D'fhéach Herr Maier timpeall. "Ná teigh thar fóir a mhic. Ní bhéarfar orm. B'fhéidir go stopfar mé. Ach scaoilfear saor láithreach mé. Cabhraíonn an t-airgead ansin. Ná bí buartha mar gheall ormsa. Níl sé tuillte agam, a Chaptaen Coschoinín"

Rith Bernd, gan stopadh gur bhain sé an teach amach. Ar an tslí tháinig Hundi ina threo agus d'fhan leis.

Shocraigh sé é féin don fháilte a bheadh ag Tante Klara roimhe. Bhí sise ina suí i lár an tseomra bhig ag stánadh le tamall is dócha ar an doras, ag súil leis. Níor lig sí dó focal a rá "Ná déan leithscéal Primel! Ní theastaíonn uaim bréaga a chloisint. Níorbh féidir liom an madra a chiúiniú agus lig mé amach é. Is dócha go raibh seisean níos buartha ná mar a bhí mise. Nílim ag iarraidh fháil amach cá raibh tú" arsa sise go feargach agus ag an nóiméad céanna chuir sí ceist: "Cá raibh tú Primel? Cá háit, iarraim ort?"

Tháinig an freagra mar urchar as gunna agus chuir sé iontas air féin. "Ar imeall an domhain." Chuir sé sin as go mór do Tante Klara. B'fhada gur tháinig focail chuici. Agus ansin is beag focal a tháinig: "Cá háit?" agus ina dhiaidh sin "Conas ar tháinig tú ar sin?"

"Sin a deir tú féin uaireanta."

"Mise."

"Sea, nuair a tháinig muid anseo dúirt tú "Ceapaim go bhfuilimid ar imeall an domhain."

Chuir Tante Klara a smig idir dhá mhéar, rud a dheánadh sí nuair a bhíodh imní uirthi nó í ag smaoineamh "Ní theastaíonn uaim a fháil amach cad a bhí ar siúl nó atá déanta agat. Ach iarraim ort, tabhair aire duit féin. Scanraigh sé cheana féin mé gur scaoil na Rúisigh libh agus sibh ar an Draisine. Tá muintir na háite mí-shásta mar gheall air. Ghabh Frau Huber leithscéal liom go raibh a fear céile chomh *leithleasach sin."

"Ise."

Bhí deireadh ansin leis an gcomhrá. Bhí Hundi ag *srannadh go hard is go rialta faoin leapa.

Nigh Bernd a aghaidh ins an bhaisín, ghlan na fiacla agus chuaigh a luí.

Thóg Tante Klara na cartaí amach as an mála beag leathair agus leag amach cluiche aonair dí féin. "Ar imeall an domhain" chuala Bernd í á rá go híseal.

leithleasach – *selfish*
srannadh – *snoring*

CAIBIDIL A DEICH

Coimisiún baolach

Níor chnag sé ar an doras. Ní dhearna sé fuaim. Go tobann bhí Herr Maier an draoi, ina sheasamh sa tseomra. "Is onóir dom" a duirt sé in ionad "Dia dhuit."

"Jesus Maria" a dúirt Tante Karla mar fhreagra agus d'imigh Frau Pluhar léi ar *luas lasrach. Ar Bhernd agus Hundi amháin a bhí áthas. Chroith duine acu an t-eireaball agus stán an duine eile:

An lá arna mhárach chosain Frau Pluhar a drochbhéasa. *Thabharfadh sí an leabhar gur teachta ón diabhal é Maier. Caithfidh go bhfuair siad boladh an sulfair a thainig uaidh.

Bhí Bernd níos eolaí. "Níl *gal ag teacht uaidh. Is boladh cumhráin é, a dtugtar Juchten air. Sin a dúirt sé liom. Is brea leis na Rúisigh é"

Sin díreach a theastaigh ó Frau Pluhar: "Ní féidir rud ar bith maith theacht ó na Rúisigh. Is dócha gur Juchten an focal Rúisise ar sulfar."

Bhí Herr Maier an draoi, agus an boladh Juchten

ar luas lasrach – *at lightning speed*

thabharfadh sí an leabhar – *she would swear*

gal – *steam*

uaidh, tar éis geit a bhaint astu, agus tháinig sé díreach chuig an pointe. D'umhlaigh sé do Tante Karla "Ní theastaíonn uaim cur isteach ort, a bhean uasail. Níl ach rud beag i gceist. An mbeadh cead ag do nia theacht liom ar thuras beag?"

"Primel?" arsa Tante Karla go ciúin. Ní raibh Bernd cinnte an raibh sí ar son an turais nó ina choinne.

"Cé hé Primel?" D'fhéach Herr Maier timpeall an tseomra.

"É féin." Shín Tante Karla a smig i dtreo Bernd.

"Primel – oireann sé dó" dúirt Herr Maier.

"Agus cá bhfuil do thriail?"

"Áit éigin" mhínigh Herr Maier "leis an Draisine."

"An féidir tú a chreidiúint?"

Bhí cuma na fírinne ar Herr Maier, é gléasta sa chulaith dubh , léine bán agus carbhat air.

Chaith Tante Karla súil ar Bhernd a thug ordú dó fanacht san áit ina raibh sé.

"I ndairíre leis an Draisine?" arsa Bernd.

"Sea."

"Agus ní miste le Herr Huber?"

Rinne Herr Maier miongháire. "Ní chuirfidh Herr Huber i mo choinne." Ansin d'fhan sé nóiméad agus sula bhféadfadh Tante Karla oiread is focal a rá dúirt sé "Tá cead ag Primel mar sin."

"Agus Hundi" chaith Bernd isteach.

Bhí an chuma air nach raibh Herr Maier ró-shona

faoi sin mar d'fhéach sé go géar ar an mhadra amhail is go raibh fonn air cic a thabhairt dó. "Is cuma liomsa" arsa sé taréis nóiméid "munar féidir leat déanamh gan é."

Thuig Hundi agus isteach leis idir cosa Bernd.

Bhrúigh Herr Maier Bernd roimhe amach as an seomra, d'fhan ina sheasamh arís ar leac an dorais agus dúirt gan féachaint siar ar Tante Karla "Seans go mbéimid déanach. Ná bí buartha."

Chuala Bernd Tante Karla ag déanamh *aithrise ar fhocail Herr Maier "ná bí buartha." Ba léir go raibh eagla uirthi.

Agus iad ag dul síos an staighre, samhlaíodh do Bernd a bhí taobh thiar de Herr Maier, go raibh an fear sa chulaith dhubh níos mó agus níos láidre ná riamh.

Thíos ar an sráid lig Herr Maier fead as agus leag lámh ar cheann Bernd "Ar aghaidh linn mar sin."

D'fhéach Bernd suas air. Bhí boladh an chumhráin, Juchten, ar Herr Maier. "An bhfuil cead againn dairíre taisteal leis an Draisine?"

Chlaon Herr Maier a cheann. Leathnaigh a shúile caola. "Cinnte, Primel a chroí."

Níor thaitin sé le Bernd gur thug Herr Maier Primel air. Tante Karla amháin a bhí i dteideal sin a thabhairt air. Ach níor iarr sé air éirí as.

Ní dheachaigh siad an gnáthbhealach go dtí an Draisine. Chuaigh Herr Maier timpeall ar bhóithre nach raibh aithne ag Bernd orthu. Chuaigh siad thar

ag déanamh aithrise – *copying*

an scoil a raibh Poldi agus Leni ag freastal uirthi. Bhí
cúpla páistí ag súgradh sa chlós. Dá mbeadh
m'ainmse curtha síos sa scoil sin ag Tante Karla, ní
fhéadfadh Herr Maier mé a thógaint leis anois,
smaoinigh Bernd. Bhraith sé rian den eagla. Ní raibh
sé in ann a mhíniú cén fáth. Chuaigh sé de shodar
taobh leis an bhfear mór gan focal as. Focal ní dúírt
seisean ach an oiread.

Bhí báisteach throm ann an oíche roimh ré. Bhí orthu
siúl timpeall locháin uisce. D'éirigh gal ó na
sráideanna faoin ghrian. Choimeád Hundi gar dó.
Bheannaigh roinnt daoine a tháinig ina dtreo do
Herr Maier, stán daoine eile air amhail agus gur
chuir sé scanradh orthu bheith ag féachaint air. Go
tobann stop síp in aice leo, na rotha ag scréachaíl.
Thug Hundi léim ar leataobh agus rinne geonaíl.
Patról Rúiseach a bhí ann. Ghlaoigh an tOifigeach,
a bhí ina shuí in aice an tiománaí "Towarischtsch
Maiarr" agus shiúil Herr Maier go mall go dtí an carr.
D'fhan Bernd i bhfad siar le Hundi. Labhair an
tOifigeach Rúisís le Herr Maier. Ní raibh sé ag
tabhairt amach dó, bhí an chuma air go raibh sé ag
iarraidh rud air. D'éist Herr Maier, bhain searradh
cúpla uair as na guaillne amhail is níor thuig sé
conas a fhéadfadh sé cabhrú leis an Oifigeach.
Chlaon an tOifigeach a cheann, ansin leag sé méar ar
bhrollach Herr Maier. Chlaon Herr Maier a cheann
mar an gcéanna, chúlaigh céim siar, thug an
tOifigeach ordú don tiománaí agus d'imigh an síp.
Chuimil Herr Maier a éadán lena lámh agus d'fhéach
i ndiaidh an chairr. Ansin chas sé le Bernd agus

miongháire ar a bhéal. "Is *gealta iad. Ceapann siad toisc gur bhuaigh siad go bhfuil gach a bhfuil uathu ar fáil dóibh."

Leag sé lámh go cúramach ar mhuinéal Bernd agus bhrúigh in aice leis é. D'fhan siad tamall ina dtost. Bhí Bernd fiosrach ámh "Cad a theastaigh ón Rúiseach?"

Thóg Herr Maier paicéad toitíní as a phóca agus chuir faoi shrón Bernd é "É sin. Cinn Mheiriceánacha. Ach níorbh féidir liom cabhrú leis mar i láthair na huaire tá siad gann agam féin." Las sé toitín dó féin agus shéid an deatach thar cheann Bernd. Ní fhaca Bernd é ag caitheamh cheana. Chun *dúshlán na Ruiseach a thabhairt, b'fhéidir, an chúis a bhí aige chun é a dhéanamh anois. Go tobann bhí deifir ar Herr Maier. Bhí deacracht ag Bernd coimeád suas leis. Ach d'oir an luas do Hundi.

Bhí an Draisine ag fanacht ina áit féin. Bhí slán fágtha ag Bernd leis mar gheall ar an méid a dúirt Herr Huber. Anois, a bhuí le Herr Maier, bhí seans aige taisteal uair amháin eile, imeacht, eitilt.

"Déanfaidh mise an maide."

Agus é i gcuideachta Herr Maier ní raibh ann ach paisnéir. D'oir sé sin dó. Chas sé a dhroim leis agus d'fhéach sa treo a raibh siad ag taisteal. Bhí Hundi, ar an mbinse in aice leis agus é ar crith. Thosaigh an Draisine ag gluaiseacht agus níorbh fhada go raibh luas faoi. Níor imigh an Draisine chomh tapaidh sin nuair a bhí Bernd i mbun an mhaide.

84
gealt – *lunatic*
dúshlán a thabhairt – *to defy*

Bhí Herr Huber ina sheasamh os comhair an staisiúin. Bhí a bhean agus Fräulein Janowitz, í maorga maisiúil mar ba ghnáth, in éineacht leis. Dá chomhgaraí a tháinig siad sea is mó a chroith siad lámh. D'úsáid Fräulein Janowitz fiú an scairf síoda. Bheannaigh siad agus ansin is ag fágáil slán a bhí siad. Mar ní raibh rún ar bith ag Herr Maier stad.

"Jenö" a ghlaoigh Fräulein Janowitz.

"Tugaigí aire díbh féin," d'impigh Frau Huber.

 "Iarraim oraibh!" a scairt Herr Huber.

In ionad casadh thart chuig Herr Maier labhair Bernd leis in éadan na gaoithe. "An é sin an t-ainm báiste atá ort? Jenö?"

"Ceann acu" arsa Herr Maier gan stró a chur air féin.

Chuir sé sin isteach ar Bhernd. "Cé mhéid ainm báiste atá ort?"

"Ná cuir ceist Primel. Tá dhá cheann agatsa – Bernd agus Primel."

"Ní hea, tá ceithre chinn agam" Bhí seans aige faoi dheireadh an lámh in uachtar a fháil ar Maier. "Bernhard Rudolf is ainm dom. Ach níl sé sin ar eolas ag morán daoine. Tugann gach duine Bernd orm. Agus tugann Tante Karla Primel orm." Chuir Hundi lánstad le ráiteas Bernd mar lig sé sraoth chomh laidir sin gur thit sé ón mbinse ach léim sé suas láithreach agus thóg a áit taobh le Bernd.

"Feiceann tú. Tá níos mó ná ainm amháin ort féin."

"Cé mhéid atá ortsa?"

"Dá mbéadh fhios agam thabharfainn an liosta duit. Éirigh as."

Chuir Herr Maier breis fuinnimh isteach chun an Draisine a chur ag gluaiseacht. Ba ghar go raibh siad ag taisteal ar aonluas le traein mhall. Choimeád Bernd a aghaidh i gcoinne na gaoithe. D'fhéadfadh sé taisteal mar sin i bhfad, gan smaoineamh go raibh sé ar an Draisine le Herr Maier, i bhfad agus i bhfad i gcéin. Uaireanta chuaigh na ráillí trí *log agus d'imigh an tír as radharc. Ansin d'éirigh siad amach as de réir a chéile agus bhí coill nó feirm, timpeallaithe ag páirceanna rompu. Níor aithin sé aon rud. Bhí gach rud nua agus aisteach. Taréis na feirme d'imigh na ráillí timpeall cúinne isteach i gcoill a raibh *scrobarnach tiubh dorcha ann. Bhí toir agus toim gach áit. Thit *scaotha cuileoga orthu. Bhuail Bernd a lámha timpeall air féin agus chas Hundi thart ar an mbinse agus é ag geonaíl.

"Ní fada go mbeimid tríd" arsa Herr Maier in ard a chinn. Bhí an ceart aige. Bhí machaire os a gcomhair amach a bhí dóite agus clúdaithe le deannach agus chonacthas do Bhernd go raibh briseadh ag an imeall.

"Thall ansin tá *coiréal" a mhínigh Herr Maier agus lig don Draisine rolladh.

Léim Hundi ón ardán, lean rian ar an talamh agus chas ar ais le dóchas.

"Cad tá uainn anseo?" D'fhéach Bernd timpeall. Ní raibh ann ach féar tirim agus talamh *deannachúil fad radhairce.

log – *hollow*
scrobarnach – *undergrowth*
scaotha – *swarms*

coiréal – qu*arry*
deannachúil – *dusty*

Lig Herr Maier osna. Bhí sé taréis suí síos ar an mbinse eile agus shín sé méar. "Suigh síos liom. Caithfidh tú cabhrú liom Primel. Tá fhios agam gur féidir leat. Is buachaill cróga cliste thú. Is féidir liom brath ort. Mar sin…" D'fhéach Herr Maier i dtreo imeall an mhachaire ar an áit a raibh an coiréal . "Chonaic tú mé ag imeacht thar an teorainn le hairgead sna bróga." Bhrúigh sé Bernd lena uilleann agus rinne gáire. "Níor dhrochsheift é sin. Ach b'shin é. Caithfidh mé éirí as. Tá an iomarca daoine sa ghnó seo ar mo lorg agus níl siad ró -bhéasach Primel. Níl siad in aon chor."

Scrúdaigh Bernd Herr Maier ón taobh. Bhí sé lándairíre.

"Teastaíonn uaim éirí as. Caithfidh mé éirí as. Caithfidh mé imeacht ón Ostair. Agus chuige sin tá cabhair uaim. Ní féidir liom naimhde a dhéanamh de gach éinne."

Thuig Bernd a lán. Ach níor thuig sé gach rud. Chuir an méid a bhí ráite ag Herr Maier eagla air. "Cén fáth go bhfuil an méid sin naimhde agat?"

"Tá seanchinn agus cinn nua" d'fhreagair Herr Maier.

Níor chabhraigh sé sin morán le Bernd.

Chuir Herr Maier lámh isteach i bpóca ar an taobh istigh dá sheaicéad dubh, nach raibh oiread agus spota dusta air taréis an turais agus tharraing amach litir. "Seo litir chuig mo phairtnéirí sa ghnó taobh thiar den teorainn chun a rá go bhfuilim ag éirí as. Nach féidir leo brath orm a thuilleadh."

Scrúdaigh Bernd an litir. Cá háit anseo a mbeadh bosca litreach an cheist a chuir sé air féin.

"Tá siad ag fanacht liom" arsa Herr Maier agus chrom a cheann go smaointeach. Gan féachaint suas, lean sé air "Beidh athrú ar an aimsir. Caithfimid brostú."

Bhrúigh Herr Maier an litir isteach ina lámh agus ar seisean go húdarasach. "Imigh leat anois. Leis an litir. Tá tigín thíos sa choiréal. Tá duine ag fanacht ort ansin. Tabhair an litir don fhear. Ní gá fanacht ar fhreagra. Ní gá ach teacht ar ais."

D'éist Bernd agus tháinig giorrú anála air. Mhothaigh sé nach bhféadfadh sé corrú. Ní fhéadfadh sé sin a iarraidh air. Dá mbeadh Tante Karla ann, chuirfeadh sí an ruaig air.

"Ní féidir leat" dúirt sé go stadach

"Cad nach féidir liom?"

"Mé a chur síos ansin."

"Ní tharlóidh faic duit. Geallaim duit."

D'fhéach Bernd isteach sna súile ar Herr Maier agus thuig sé nach raibh *bealach éalaithe aige. Níorbh fiú smaoineamh ar rith. Bhí an baile i bhfad ró-fhada uathu.

"Ach níl aithne ag an bhfear thíos orm."

"Is cuma. Ní dhéanfaidh sé faic ort."

"Conas atá fhios agat?"

"Tá fhios agam" d'fhreagair Herr Maier go cinnte agus bhrúigh ón Draisine é. "Rith Primel" scairt sé.

bealach éalaithe – *way of escape*

Thosaigh sé ag rith thar an machaire, Hundi ina dhiaidh. Lean sé lorg bróg. Tháinig fearg air. Ba bheag nach raibh sé ag caoineadh. Ag caint leis féin a bhí sé agus é ag rith. "An *t-ainniseoir suarach. Ceapann sé gur féidir leis aon rud a dhéanamh liom. Níl sé de mhisneach aige é a dhéanamh é féin. Is dócha go bhfuil olc curtha aige ar dhaoine leis an airgead ina bhróg. Nó le rudaí eile. Nílim ag iarraidh é a fheiceáil go deo arís. Go deo arís."

Bhí rian á leanúint ag Hundi. Chuaigh sé go dtí imeall an choiréil. Níor stop sé ansin ach síos le *haill leis ar chasán contúirteach.

D'fhan Bernd ina sheasamh ag an imeall. Thóg sé anáil. Bhí an t-allas ar a éadán ag rith síos sna súile. Ghlán sé le cúl a láimhe é. Ba chóir dó cur níos láidre i gcoinne an eachtra seo.

"Gabh i leith Hundi" Go cúramach thriail sé na céad chéimeanna ar an bhfána. Rith sé go mall. Thug sé faoi deara go raibh *boinn a bhróga scaoilte. Smaoinigh sé ar an raic a thógfadh Tante Karla agus ar an bport a bheadh aici "An t-aon phéire bróg atá agat. Cá háit a bhfaighfimid péire bróg duit?"

Ní raibh duine ná deoraí ag bogadh thíos ag an teach.

Stop sé. D'fhéach Hundi timpeall air agus luigh ar chloch te agus leathaigh na géaga. "Ná glac sos" arsa sé leis an mhadra agus leis féin.

Nuair a chuaigh Bernd ar aghaidh, léim Hundi suas láithreach, agus é ar bís.

"Heileo!" a ghlaoigh Bernd "An bhfuil duine ansin?"

ainniseoir – *a mean person*   aill – *cliff*
bonn – *sole of shoe*

Is dócha go bhféadfadh Herr Maier é a chloisint freisin.

Níor bhog aon rud thíos. Ghlaoigh sé arís níos láidre. "Heileo!"

Léim fear óg amach as scáth an tí. Ní raibh air ach bríste. Bhí a bhrollach lomnocht. Bhí sé ag rith ina threo, cosnocht agus bhí gunna aige. Níor thuig Bernd an rud a bhí á rá aige. Stop se arís agus chroith lámh leis an bhfear. Má mharaíonn sé mé ní bheidh fhios ag Tante Karla cá bhfuilim, a smaoinigh sé. Tharraing sé amach as a phóca an litir ó Herr Maier agus d'ardaigh sé é.

"Dúradh liom é seo a thabairt duit" a ghlaoigh sé agus ag an am gcéanna rith smaoineamh leis a chuir alltacht air: b'fhéidir nach bhfuil Gearmáinis ar bith aige. B'fhéidir nach dtuigeann sé mé. Agus ní raibh go leor Seicise aige. Bhain sé triail as "Servus."

Leag an fear óg an gunna ar an talamh agus tháinig go mall ina threo. D'fhan Hundi taobh thiar de Bhernd amhail agus gur bhraith sé iad a bheith i mbaol.

"Céard é? Cad tá agat?" B'fhurasta an fear a thuiscint anois. Labhair sé le tuin aisteach. Is dócha gur Seiceach ón taobh thall den teorainn é.

"Seo dhuit litir ó Herr Maier." D'ardaigh Bernd an clúdach thar a cheann.

"Ón dochtúir? Go maith" Bhí an fear chomh gar sin anois go raibh Bernd in ann a bholadh a fháil, boladh an allais. Agus bhí boladh eile uaidh, an boladh céanna a bhíodh ar na mná sa tsiléar, boladh anraithe agus prátaí.

"Gabh i leith." Shín an fear amach a lámh agus é ag iarraidh ar Bhernd theacht ina threo mar a d'iarrfadh duine ar mhadra. Thosaigh Hundi ag gnúsacht go ciúin. "Maidrín deas" arsa an fear "meascán iontach." Rinne sé gáire agus chaith seile. *Theann sé *matáin a bhrollaigh agus a ghuaillne.

Leag Bernd an litir ar chloch os a chomhair agus d'fhéach go tapa ar an bhfear a bhí fós achar sábhailte uaidh. "Sin í an litir" ar sé agus chas sé thart. Bhrostaigh sé suas an fána. Lean Hundi é agus rith os a chomhair amach. Ní raibh sé de mhisneach aige féachaint siar. Caithfidh go raibh geit bainte aige as an bhfear mar díreach anois scairt sé "Stop. Fan." Dá mbeadh fonn air scaoileadh bheadh air dul arais go dtí an gunna.

Nuair a shroich sé an barr, chaith sé é féin ar an dtalamh, rug greim ar Hundi, chuir cluas le héisteacht agus d'fhéach thar an imeall. Bhí an fear óg ag bagairt leis an ngunna. Ní raibh sé ina aonar anois, bhí beirt fhear eile, gunnaí acu ar fad, ag labhairt leis. Bhí Bernd in ann na guthanna a chloisint. Bhí an chuma orthu go raibh siad ar buile.

D'imigh Bernd ó imeall an choiréil ar a ghlúine go dtí nach raibh siad in ann é a fheiceáil, agus ansin léim sé in airde agus rith sé. "Go tapaidh Hundi, tá siad ag teacht inár ndiaidh!"

Rith sé i dtreo an Draisine. Bhí Herr Maier ina sheasamh air.

theann sé – *he tightened*
matáin – *muscles*

"Tá siad taobh thiar díom le gunnaí" scairt sé agus is ar éigean bhí sé in ann anáil a tharraingt.

Ba chosúil Herr Maier le puipéad dubh ag rince ar an ardán. D'ardaigh sé na lámha, léim san aer, chroith lamh agus ghlaoigh "Gabh i leith. Gabh i leith! Brostaigh ort! Ní ag imirt cluiche atá na leaids seo. Gabh i leith!"

Bhog Herr Maier an maide sall is anall agus rolláil an Draisine leis. Suas ar an ardán le Hundi d'aon léim amháin.

"Gabh i leith!"

D'imigh an Draisine níos tapúla. Rith Bernd in aice leis.

"Tar aníos!

Chaith Bernd é féin ar an ardán agus bhuail a smig ar an adhmad. Bhí sé pianmhar. D'fhan sé sínte. Bhí sé ar tí é féin a ardú ach chuir Herr Maier cos ar a dhroim. "Fan i do luí. Tá siad ag scaoileadh urchar."

B'fhíor go raibh siad ag teacht ina dhiaidh. D'fhéach sé sall go himeall an choiréil, a leiceann brúite ar an adhmad te. Sheas an triúr ansin, na gunnaí *ar tinneall. Ba chosúil na hurchair le buillí fuipe.

Chuir Herr Maier luas níos mó faoin Draisine. Bhuail urchar amháin fráma iarainn an ardáin. Rinne sé clic gránna.

Chonaic Bernd iad ag leagan síos na ngunnaí.

Rith an Draisine ar aghaidh i dtreo coille bige. Faoi scáth na gcrann agus na dtor theip ar análú Herr Maier. Shuigh sé síos go mall ar an mbinse, chas

ar tinneall – *at the ready*

chun tosaigh agus chuir a aghaidh ins na lámha agus tharraing anáil. Bhrúigh Hundi a shrón i gcoinne cloigeann Bernd. Nuair a d'éirigh sé, thug sé faoi deara go raibh fuil ag sileadh lena smig "Táim ag cur fola" Lorg sé an *cneá.

Chroith Herr Maier é féin, agus d'fhéach ar Bhernd "Níl sé go dona" arsa sé.

Chaith Bernd é féin chun tosaigh agus bhuail Herr Maier an draoi lena dhorn "Is tusa faoi deara é" a scairt sé "Ba bheag nár mharaigh siad muid. Mar gheall ortsa. Mar gheall ar an litir dhamanta sin. Agus do chuid airgead damanta. Agus freisin mar ní tusa Herr Maier ach"

"Ach?" Chuir Herr Maier an cheist go ciúin agus thóg Bernd ina bhachlainn.

Bhí Bernd ag caoineadh. Ní fhéadfadh sé gan caoineadh.

"Scaoil amach é Primel."

Bhrúigh sé lámha troma láidre Herr Maier an draoi ar leataobh. "Is cladhaire thú!" arsa sé "Ní raibh tuairim agam cén sórt daoine iad sin."

Chrom Herr Maier a cheann ach níor thug sé aon mhíniú.

"Ba mhaith liom dul abhaile."

Rinne Herr Maier miongháire "Abhaile?"

"Sea, chuig Tante Karla."

"B'fhearr gan aon rud a insint dí faoin eachtra seo."

cneá – *wound*

"Níorbh fhearr. Nílim chun bréaga a insint cosúil leatsa."

Sheas Herr Maier suas, rug greim ar an maide gluaiste agus thosaigh a bhogadh "Abhaile mar sin," a dúirt sé ós íseal.

Shuigh Bernd ar an mbinse ag feachaint chun tosaigh. Tharraing sé Hundi ar a ghlúin agus chuimil é "Is fuath liom iad ar fad! Ar fad, ar fad!"

Nuair a shroich siad an staisiún, léim sé ón Draisine. Lean Hundi é. Bhain an léim geit as Herr Maier agus rinne sé iarracht an Draisine a stopadh "Feicfidh mé tú go luath, Primel" arsa seisean.

D'fhéach Bernd siar air agus scairt amach le racht feirge "Ní fheicfidh! Go deo, arís".

¹ *Towarischtsch* – comrádaí

CAIBIDIL A hAONDÉAG

Faic ar siúl

Léim Tante Klara ina seasamh nuair a d'oscail sé an doras agus rith sí sall is anall idir an leaba agus an sorn "Is beag nach bhfuair mé bás den eagla. An bhfuil fhios agat cén t-am é? A deich a chlog. Tá tú imithe le cladhaire le seacht n-uair a chloig, le hamadán , duine nach bhfuil aithne agam air, ag taisteal timpeall ar Draisine. Níor chóir dom cead a thabhairt. Níor thug mé cead. Rinne mo dhuine *neamhaird díom."

D'éist Bernd léi, a cheann faoi agus eagla air go stopfadh sí agus buille a thabhairt dó.

Scríob Hundi an doras. Is dócha gur fhan seisean taobh amuigh mar gur bhraith sé fearg Tante Klara. Ach anois theastaigh uaidh seasamh leis. Chuir Bernd lámh taobh thiar de, rug greim ar an *murlán agus d'oscail an doras píosa. Isteach sa seomra le Hundi láithreach sa bhealach ar Tante Klara. Ba bheag nár leag sé í. Briseadh ar a gluaiseacht agus thug sí a haghaidh ar Hundi in áit Bernd. Thug sí cic dó. "Agus an t-ainmhí *bradach seo, nach féidir leis a shá a ithe, an t-ainniseoir salach lofa seo!"

rinne sé neamhaird díom –
he payed no heed to me

murlán – *handle*
bradach – *thieving*

D'éalaigh Hundi faoin leaba.

"Fág é" Shleamhnaigh Bernd, a raibh a dhroim leis an doras, síos ar a ghlúine. Thosaigh an eachtra le Herr Maier an draoi ag dul i bhfeidhm air. Chas sé na lámha timpeall a ghlúine agus thosaigh ag *crith ar fud a choirp. Tharraing sé sin Hundi amach as an bhfoscadh. D'imigh sé i gciorcal timpeall ar Tante Klara agus bhrúigh sé é féin suas le Bernd. Stad Tante Klara den siúl. D'fhéach sí ar Bhernd agus chuaigh síos in aice leis "A Íosa Mhuire, Primel, cad tá ort? Tá mé corraithe agus níor thug mé faoi deara nach bhfuil tú ar fónamh. An Herr Maier sin is cúis leis is dócha."

B'shin an rud nár theastaigh uaidh a chloisteáil. Tharraing sé na glúine níos gaire dó féin, chuir a cheann ar a lámha agus rinne iarracht troid i gcoinne an chreatha. Ach tháinig an crith aníos ó íochtar a choirp agus chuaigh i méid. "Ceapaim go bhfuil mé *reoite" arsa seisean de chogar.

Chuir Tante Klara ina choinne. "Leis an teas seo Primel, ní féidir. Cad a tharla?" Níor ghéill sí. "Gabh i leith, suigh síos ag an mbord. Déanfaidh mé tae duit agus píosa aráin agus ansin is féidir leat dul a luí."

Ba dheas é sin a chloisteáil. Ach ní fhéadfadh sé géilleadh dí chomh héasca sin. D'fhan sé ar a ghlúine. "Agus tá ocras agus tart ar Hundi." Thosaigh Hundi ag geonaíl; seans gur thuig sé [1]'Wurst' in ionad 'Durst'. D'oscail Tante Klara an doras. "Imigh síos go Pluhars. Ní bhfaighfidh tú pioc de chuid Wurst s'againne."

crith – *shiver*
reoite – *frozen*

"Nach féidir leat bheith níos deise leis?"

"Ná bí mar sin Primel, éirigh."

Níor thug sí a thuilleadh airde air. Tháinig
*critheagla air, d'fhéach sé ar Tante Klara agus í ag
cur uisce síos don tae, ag cur spré ar arán, ag cóiriú
na leapan.

"Scaoil siad linn" arsa seisean, go h-íseal, leis féin.

"Bhí an tae dóirte ag Tante Klara agus d'iompaigh sí
chuige. "Na Rúisigh arís?"

"Níor Rúisigh iad. Ní raibh éide ceart orthu."

Chlaon Tante Klara a ceann, amhail is gur thuig sí
gach rud. "*treallchogaithe, déarfainn. Caithfidh gur
treallchogaithe a bhí iontu. Is dócha gurbh é Herr
Maier an ceannaire orthu."

Shuigh Bernd chun boird. Chuir ráiteas Tante Klara
isteach air. "Sin ráiméis. Dá mba eisean an ceannaire
ní scaoilfidís leis."

Ní raibh sí chun géilleadh. Chuir sé fearg uirthi fiú
smaoineamh ar Herr Maier.

"Ith agus ól" a dúirt sí go garbh.

Bhain sé greim as an arán, chogain agus dúirt le béal
lán: "Is togha mná tusa."

D'fhéach Tante Klara air go hamhrasach agus shuigh
síos os a chomhair amach "Cad é sin? Nóiméad ó
shin bhí tú réidh mé a ionsú mar gheall ar do Herr
Maier."

"Ní liomsa é Herr Maier."

critheagla – *quaking fear*
treallchogaithe – *guerrillas*

"Ní leat, ach nuair a bhí tú ag imeacht leis inniú, b'shin an chuma a bhí ar an scéal."

Chogain sé agus é ina thost. Bhí an ceart aici. Bhí bealach iontach tarraingteach ag Herr Maier. Bhí sé rúnda ach greannmhar freisin agus cladhaire mór ab ea é. Ní bhacfadh duine fásta eile le buachaill mar é gan trácht ar thaisteal leis ar an Draisine. Ach inniú bhí drochrud déanta aige, nuair a bhain sé úsáid as mar "fhear a' phoist".

Bhí teas an lae fós le braith sa seomra. Bhí an t-aon bholgán amháin ar an tsíleáil timpeallaithe ag cuileoga. De réir a chéile bhraith sé níos fearr. Agus d'éirigh sé trom agus tuirseach.

Shleamhnaigh lámh Tante Klara thar an mbord agus rug greim ar a lámh. "Is taibhsí iad léithéidí Maier, Primel. Eiríonn siad as an gcogadh agus níl fhios ag éinne cad tá déanta acu ná cé hiad. Oifigeach a bhí ann b'fhéidir nó ball den SS. B'fhéidir gur Rúiseach é a throid i gcoinne na Sóivéideach ar thaobh na nGearmánach. Spiaire b'fhéidir. Roimhe seo bhí cumhacht acu agus anois tá siad glic. Is cuma leo faoi dhaoine. Níl cairde ar bith acu."

Bhí ite ró-thapaidh aige, bhrúcht sé, tharraing an léine thar a cheann. Líon Tante Klara an báisín le uisce te. Ní dhearna sé ach níochán tapaidh. Bhí Tante Klara tuisceanach go fóill agus níor thug sí amach dó fiú nuair a chonaic sí go raibh a smig gearrtha. "Tá plastar de dhith ar sin."

Bhain sé de a bhríste agus thit siar ar a leaba. Shuigh

Tante Klara ar an imeall. Ní raibh a dotháin cloiste aici. "Cad a theastaigh uaidh go ndéanfá, Primel?"

"D'inis mé duit. Bhí orm litir a thabhairt chuig fir sa choiréal. Litir leithscéil. Nó rud mar sin."

"Éist liom mar sin. Cé leis a raibh Maier ag iarraidh leithscéal a ghabháil?"

"Dúirt sé liom nach bhfuil sé ag iarraidh tuilleadh gnó a dhéanamh."

Lig Tante Klara feadaíl trína beola. "Caithfidh go bhfuil an tine lasta faoina thóin cheana féin."

"Is minic a deir tú liom gan a leithéid sin a rá."

"I gcás Herr Maier níl rud níos fearr le rá. Agus na bliogáird shalacha lofa, scaoil siad libh. Leis, leatsa?"

"Scaoil."

"Agus níor tharla aon rud?"

"Níor tharla."

[1] *Wurst* – ispín

Durst – tart

CAIBIDIL A DÓDHÉAG

Imeacht - ar shlí eile

An mhaidin dár gcionn bhí Tanta Karla fós corraithe. Ach ar chúis eile. "Ar deireadh tá rud éigin ag bogadh" ar sise agus chuir sí ruaig as an leaba air. Thóg sé tamall go bhfuair sé amach cad a bhí ag bogadh. Nigh sé é féin, ghléas é féin, d'ith sé bricfeasta, chonaic mar a d'imigh Tante Klara agus mar a rith Frau Pluhar tríd an seomra ar lorg rud éigin nach bhfuair sí. Bhí Hundi imithe i bhfolach faoi chathaoir Bhernd ag fanacht go bhféadfadh sé teacht amach. Ach d'fhan Bernd ina shuí. Bhí air a fháil amach cad a bhí ar siúl.

Rith smaointí áiféiseacha trína cheann : B'fhéidir go raibh ar na teifigh ar fad bogadh go teach amháin. B'fhéidir go raibh an teorainn athruithe ag na Seicigh agus na hOstairigh. B'fhéidir go raibh busanna ann in ionad traenach. B'fhéidir gur ceapadh Herr Maier an draoi ina mhéara ar Laa. Rinne Bernd sciotaíl gáire agus chuimil muinéal Hundi. B'shin rud éigin!

D'oscail Tante Karla an doras de phlab. Níor tháinig sí isteach sa seomra.

"Tá tú i do shuí anseo mar bheart a ordaíodh agus nár bailíodh. D'fhéadfá tosnú ar phacáil."

"Pacáil cén rud?"

"Do chuid stuif. A Dhia is bocht an tuiscint atá agat."

"Ach cén fáth?"

Le cúpla céim bhí sí ina seasamh os a chomhair ag féachaint síos ar a cheann "Táimid chun imeacht faoi dheireadh, Primel. An bhfuil d'intinn reoite leis an bhfanacht. Beidh traein tráthnóna inniú. Tugann an Huberach an leabhar gur fíor é. Ba chóir dúinn bheith ag an staisiún ag meánlae.

Bhí deireadh le gach rud anois. Le Leni. Agus leis an Draisine.

"Dáiríre, inniú?"

"Cad tá ort, Primel?" Shuigh Tante Klara in aice leis, thóg a smig idir a méara "Táimid ag fanacht chomh fada sin go bhfuil *meirg tagtha orainn. Chomh luath is a bheidh an áit seo fágtha inár ndiaidh beidh deireadh iomlán leis an gcogadh."

"Agus táimid ag dul go Wien?"

*D'fholmhaigh Tante Karla an cófra agus d'fhág na málaí oscailte i lár an tseomra. "Cinnte."

"Agus mura mbeidh an traein ag dul go Wien?"

"Ansin athróimid."

"Agus mura dtagann an traein?"

"Tá samhlaíocht uafásach agat Primel. Pé scéal é, ní fhanfaimid anseo a thuilleadh. Feicfimid chuige go

meirg – *rust*
d'fholmhaigh sí – *she emptied*

dtógann gluaisteán muid, nó capall agus carr nó siúlfaimid go dtí an chéad staisiún eile. Nóiméad níos faide ní fhanfaimid anseo."

Thosaigh Hundi ag cuimilt a choise lena shrón. Bhí sé ag iarraidh dul amach.

Don chéad uair ó tháinig siad bhí culaith taistil ar Tante Karla, culaith liath, déanta as éadach láidir garbh. Thug sí salann agus piobar ar an dath.

"Caithfidh Hundi dul amach" arsa sé "An bhfuil cead agam dul leis?

Charnaigh Tante Klara fó-éadaí, léintí, bristí, seaicéidí, sciortaí in aice na málaí. Thug sí freagra garbh ar a cheist: "Muna mbeidh tú ann in am Primel, beidh mise imithe. Agus an traein leis. Ba chuma liom ansin conas a éireoidh leat." Chrom sí arís, rinne geonaíl bheag agus ghlaoigh ina dhiaidh "Beidh an madra ag fanacht anseo le Frau Pluhar. Tuigeann tú?"

Thuig sé. Ach fós ghoill sé air go mbeadh air slán a fhagáil ag Hundi. D'fhéach sé suas síos an sráid. Níorbh fiú fanacht ar Leni agus Poldi. Bhí siad fós ar scoil. Bheartaigh sé dul chuig an staisiún.

Agus é fós i bhfad uaidh, chonaic sé slua daoine le neart bagáiste timpeall ar an mbinse, an binse feithimh ar baineadh an méid sin úsáid as. Agus dar ndoigh bhí Herr Huber ag tabhairt óráide nó orduithe. Dhruid Bernd in aice leo go mall. Stad sé arís agus arís eile fhad agus a bhí Hundi ag lorg bolaí ar na malaí agus ar na beartanna.

"Tá eolas cinnte faoin traein agam" chuala sé Herr Huber ag rá. "Tá fiú uimhir reatha agam."

"Ach fós níl eolas cruinn agat" chaith duine de na mná leis agus chuir fear óg leis go searbh "Tógfaidh sé cúpla bliain síochána orthu siúd amchlár ceart a chur le chéile." Rinne an fear gáire agus bhí na roic le feiceáil ar a aghaidh tanaí. Ní raibh air ach léine agus bríste agus bhí sé ina shuí ar mhála mór mairnéalaigh. Smaoinigh Bernd ar mhana Tante Karla gur chóir bheith ar an airdeall roimh theifigh fir a bhí faoi sheasca blain d'aois. Go minic bhí na hainmneacha athruithe acu agus ní raibh fhios acu féin cérbh iad. Bhí an chuma air seo gur bhain sé leo siúd. Ar an dtaobh eile de, thaitin a gháire le Bernd. Dá mbeadh sé ag taistil leo, bheadh focal ag Tante Klara leis. Bheannaigh Frau Huber as an bhfuinneog ar an gcéad urlár dó. "Servus Bernd. Cá bhfuil d'aintín?"

Chuir sé siar a cheann. Líon brollach mór agus cloigeann Frau Huber an fhuinneog. Ní raibh le feiceáil ar a cloigeann ach catóirí gruaige.

"Níl an traein ag teacht go dtí meánlae" ar seisean.

D'aontaigh Frau Huber. "Cinnte. Ach bíonn sí ann de ghnáth."

Cad ba chóir dó a rá léi? Tharraing glaoch uafáis a aire uaithi "Na Rúisigh!" Bhí siad ann cheana féin. Bhéic siad, bhailigh siad timpeall an tslua lena ngunnaí. Níor thuig éinne a gcuid orduithe. Chrom gach éinne agus thug aire dá gcuid bagáiste. Agus bhí fhios ag gach éinne go bhféadfadh na saighdiúirí seo bheith baolach mar bhí caipíní glasa na bpóilíní míleata orthu. D'imigh roinnt saighdiúirí isteach sa staisiún. Rith Herr Huber ina ndiaidh. "Níl aon rud le fáil ansin!" a scairt sé. "Ná cuir aon rud trína chéile orm." Thosaigh cuid eile ag scrúdú na "Dokumente," na páipéirí. Agus iad ag dul thar Bhernd, bhrúigh siad in aice le bean é amhail is go raibh sé riachtanach gur bhain sé le duine éigin. Lig sé leo.

Ansin d'imigh siad leo arís chomh tobann is ar tháinig siad. Thosaigh bean ag caoineadh. Rinne Herr Huber iarracht í a chiúnú. Thug Bernd faoi deara go raibh an fear óg imithe amhail is gur thóg an ghaoth é. Bhí a mhála mór mairnéalaigh fágtha ina dhiaidh. Bhí sé tógtha ag na Rúisigh nó d'éirigh leis éalú uathu.

"Tiocfaidh an lead sin arís nuair a ghlanfar an t-aer" arsa Herr Huber amhail is go raibh sé in ann smaointí Bernd a léamh.

Rinne bean amháin gearán "Tá an fanacht seo mo chur as mo mheabhair". Bhí freagra ceansa ag Herr Huber dí siúd freisin. "Mairfidh tú an uair a chloig eile, cinnte."

Chuir Frau Huber leis an gcomhrá. "Beidh an saol leadránach againn anseo nuair a bheidh sibh go léir imithe," a ghlaoigh sí ón seomra thuas.

Go tobann bhí an fear ar ais in aice a mhála amhail agus go raibh sé taréis fás ón dtalamh. Bhí mionghaire fós ar a aghaidh ach níor dhúirt sé focal.

"Caithfidh sibh a bheith foighneach anois" arsa bean lena beirt páistí.

Shuigh Bernd síos ar mhála, d'fhéach agus níor fhéach, d'éist agus níor éist – mar a rinne sé go minic cheana agus iad ag teitheadh, chúb sé isteach ann féin, agus gan ach cuid de ag tabhairt aire dá raibh ag tárlú ina thimpeall. An uair seo bhí an mhisneach caillte aige. B'fhéidir gurbh í an spéir liath íseal ba chúis leis. Cheap sé nach socrófaí rudaí go deo. Bhí na daoine athruithe ag an gcogadh. Teifigh nár ghéill faic dá chéile, agus a bhí i gcónaí ar lorg dídean dóibh féin agus síorocras orthu. Murb í Tante Klara bheadh sé féin cosúil leo, sanntach agus dúr agus suarach i leith páistí daoine eile. Léim sé ina sheasamh. Cén fáth am a chur amú anseo? Bhí am fagtha aige.

"Táim ag imeacht nóiméad" arsa sé le Herr Huber. "Má thagann Tante Karla."

"Déarfaidh mé léi" arsa Herr Huber "An bhfuil tú ag dul chuig an Draisine, uair amháin eile?"

Níorbh shin a bhí i gceist aige. B'é Herr Huber a chuir ina cheann é. Léim sé thar na málaí agus ghlaoigh Herr Huber ina dhiaidh "Ní féidir taisteal air. Tá bloc curtha agam air."

Bhraith sé níos saoire le gach céim. D'éirigh sé as an rith, agus thóg sé a chuid ama. Bhí aithne mhaith aige ar an gcasán seo. D'fhéadfadh sé *taibhreamh faoi. Chuimil sé an féar lena lámh. Smaoinigh sé ar Leni . Chuala sé an *sclogaíl gháire a bhí aici agus fuair boladh a *cnis. Is dócha go bhfaighfeadh sí amach ró-dhéanach é bheith imithe. Cé nár admhaigh sé dó féin é bhí súil aige casadh ar Herr

taibhreamh – *dream*   cneas – *skin*
sclógáil gaire – *chuckling laugh*

Maier an draoi freisin. B'fhéidir ag an Draisine. Níor fhéad sé gan iontas a chur san fhear agus bhí beagán de *ghean aige air. Ach bhí eagla air roimhe freisin. Pé scéal é bhí sé difriúil ó aon fhear eile a bhí ar aithne aige. Rinne sé rudaí nach raibh ceadaithe. Ba sort ¹Schwarzhandler é. Ach fiú Tante Klara, rinne sí gnó ar an margadh dubh uair amháin. Mhalartaigh sí cíor phóca airgid ar thoitíní agus ghabh sí leithscéal leis "Cad a cheapann tú Primel, faoin chaoi ina bhfuil an domhan seo againn? Tá na boic arda Nazi slán sabháilte thar sáile. Is sinne na daoine beaga a chaithfidh íoc as an iomlán. Sin mar a cheap siad é. Molann siad moráltacht agus misneach dúinne agus iompraíonn siad iad féin mar mhuca. Anois caithfimid féachaint le teacht as an gcoimhlint, uaireanta gan mhoráltacht nó díreach le beagán."

Bhí an Draisine ina háit. Bhí blocanna coscaithe curtha ag Herr Huber ar na ráillí. Ní fhéadfadh sí bogadh. Léim Bernd suas ar an ardán. Bhraith sé athrú air féin arís. Bhraith sé cumhacht ann. Bhrúigh sé an maide, á scrúdú. Níor bhog an gléas, d'fhan sé ina sheasamh, greamaithe. Taibhreamh *gafa. Taibhreamh a bhain leis an áit seo, cosúil le Herr Maier an draoi. Tagann deireadh le gach rud uair éigin. D'imeoidís gan mhoill. Ní raibh mórán ama fágtha aige. Ach bhí go leor aige chun rith isteach sa choill, go dtí an áit ar tháinig sé ar Herr Maier ann , an t-am sin nuair a bhí sé ag líonadh na mbróg le billí airgid. Rith sé agus a cheann lán le smaointí. Guth daonna nó fuaim ard ar bith ní raibh le cloisteáil. Gan ann ach cúpla guth éan. Anois is arís bhris géag

gean – *affection*   gafa – *caught*
duine a oibríonn ar an margadh
   dubh – *Swartzhandler…*

faoina chos. Bheadh air filleadh go luath. Dá mbeadh sé déanach, mharódh Tante Klara é.

In aice leis an mbothán a raibh an díon titithe isteach ann chonaic sé *cruit dhubh sa *raithneach, rud aisteach. Smaoinigh sé ar uaigheanna na saighdiúirí Wlassow, ar an gcos a sheas amach as an chré. D'fhéach sé go géar sall ar an gcarn dubh, chuaigh sé cúpla céim níos gaire dó chun níos mó a fheiceáil. D'éirigh cuileoga ina scaoth ón rud agus bhí boladh braon, milis agus greamaitheach as. Chuir an boladh alltacht air. Bhí sé ina luí ar a bholg, ina chulaith dubh, mar fhathach *treascartha. Ní fhéadfadh éinne eile ach Herr Maier an draoi bheith ann, fiú má bhí a aghaidh sáite isteach i dtalamh na coille. Bhí fearg ar na cuileoga. Seachas é sin, bhí ciúnas ann, ciúnas an bháis. Chonaic Bernd paiste fola ar dhroim an tseaicéid. Bhí bróga Herr Maier goidthe, na bróga míne dubha. Ghaibh siad agus mharaigh siad é. Thóg sé céim siar ach níor fhág a shúile an marbhán. Go tobann tháinig an bricfeasta aniar. Chrom sé agus chuir sé amach. D'fhan sé cromtha tamall, na lámha thar a bhrollach, ansin ghlan sé a bheola, chas timpeall agus rith leis gan aird a thabairt ar an gcasán. Tríd an choill bheag a raibh gean aige air a rith sé ach bhí an choill athruithe anois. Áit scanrúil anois í…

Bhí Tante Karla ag líonadh cairr leis an mbagáiste os comhair an tí, le cabhair ó Frau Pluhar agus Frau Trübner . Bhí na mná ag caint, a gcinn le chéile thar an charn málaí agus beart. Shleamhnaigh sé isteach sa teach gan aird a tharraingt air féin.

cruit – *hump*   treascartha – *overthrown*
raithneach – *bracken*

Bhí *athchóiriú déanta ag Frau Pluhar ar an seomra. Bhí slán fágtha aici leis féin agus le Tante Karla. Níor bhain siad leis an áit anois. Shuigh sé ar a leaba a raibh na clúdaigh bainte de. Bhraith sé blas goirt an *aisig ar a bheola go fóill. Rith sé go dtí an doirteall beag sa halla agus chuir a aghaidh faoin uisce. Chuala sé céimeanna ar an staighre.

Cuireadh lámh ar a dhroim. "Tá tú ansin. Ní gá dom éirí buartha."

Chroith sé a cheann a bhí fós faoin uisce, dhún a shúile, chas timpeall, chaith é féin ar bhrollach Tante Karla, chuir a lámha timpeall uirthi agus thosaigh ag caoineadh.

Baineadh geit asTante Karla. "Anois. anois Primel" ar sí go híseal agus rug greim níos doichte air. D'fhan sí tamall ina seasamh gan focal aisti go dtí gur chualathas Frau Pluhar agus Frau Trübner thíos.

Rug sí ar a ghuaillne agus chuir uaithi é. "Ní féidir go bhfuil an méid sin bróin ort ag imeacht. An é go bhfuil tú éirithe chomh ceanúil sin ar an áit?"

Ní hé. Ní hé."

"Céard é?" D'fhéach sí go ceisteach sna súile air.

Ghéill sé roimh an radharc. "Tá" arsa sé. Ní raibh focail aige ná abairtí chun cur síos ar a raibh feicthe aige "Tá ... "

"Tá cad é?"

"Tá Herr Maier ina luí marbh sa choill." Bhí na focail amuigh, amhail is dá mbeadh sé taréis cur amach arís.

athchóiriú – *rearrangement*
aiseag – *vomit*

"Dia dár sábháil." Tharraing Tante Karla ar ais ar a brollach é agus labhair go ciúin gan stad thar a cheann "Tá deireadh le Herr Maier an draoi. An draoi mór, dána, dó-ionsaithe." Chuimil sí a dhroim. "An raibh gá leis, ní féidir liom a rá leat. Bhraith mé é. Mar is é Herr Maier an duine deiridh againn a bhí ag leanúint den chogadh ar a bhealach féin. B'fhéidir go raibh air. Níor bhain sé riamh síocháin amach. Níor theastaigh sé uaidh mar ní raibh sé ag iarraidh dul ar ais chuig an saol a bhí aige roimhe. Bhí cluiche á imirt aige a thaitin le leaids cosúil leatsa. Bhí sé chomh saor leis na héin."

D'fhag sí é, chuaigh isteach sa seomra, d'fhéach timpeall an raibh aon rud fagtha ina ndiaidh. Bhain sí *blosc as a méara, rug greim ar lámh Bernd, thóg ciarsúr amach as a seaicéad agus thriomaigh a aghaidh. Ní dhearna sí magadh faoi. "Ní dhéanfaidh tú dearmad ar an bpictiúr sin go deo na ndeor Primel," ar sí go cineálta. Lá éigin déarfaidh tú leat féin, B'shin an lá a bhí deireadh leis an gcogadh."

Ghlaoigh Frau Pluhar agus Frau Trübner in éineacht le chéile suas an staighre, "Tá sé in am."

"Ná habair focal faoi Herr Maier, Primel. Coimeád an scéal agat féin. Tóg leat é."

"Cén fáth? Gheobhaidh siad é."

"Ach beidh tusa imithe agus ní bhainfidh sé leat."

Níor fhág na mná *sceitimíneacha am aige chun machnamh. Rith sé in aice leo agus taobh thiar dóibh. Thóg Frau Pluhar agus Tante Karla sealanna

blosc a bhaint as na meara –   sceitimíneach – *excited*
   to snap one's fingers

chun an carr a tharraingt. Thug Frau Trübner aire nár thit aon rud.

"Pé ar bith é, is fearr bheith ann go luath."

Beidh na daoine ag brú rompu gan aird acu ar éinne."

"O bhuel, gheobhaimid áit dúinn féin. "Chiúnaigh Tante Karla í féin agus na mná.

Bhí slua níos lú bailithe ná mar a bhí siad ag súil leis. Mná le páistí, ina measc an fear óg tostach a raibh cuma madra daite air sa chomhluadar seo. Bhí comhluadar a mhná agus Fräulein Janowitz ag Herr Huber agus ba léir nach raibh fhios acu cad a tharla do Herr Maier an draoi. Nuair a chraith siad lámh le Bernd dhearúd sé análú ar feadh nóiméid. Nuair a ghlac sé aer, leag Tante Karla go bog ar a ghualainn.

"Is léir go bhfuil a mbealach féin déanta ag a lán daoine ón uair deiridh" a dúirt Frau Pluhar, a bhí ag tarraingt an chairr caol díreach go dtí imeall na ráillí.

Agus díreach nuair a bhí an chéad traein de réir amchláir, ó bhí deireadh leis an gcogadh, á cur féin in iúl le feadanna gearra ach gan í le feiceáil go fóill, tháinig Hundi suas leo. Léim sé suas ar Bhernd arís agus arís eile agus rinne geonaíl agus lig Frau Pluhar, a bhí ag faire air, osna. "Beidh fadhbanna leis an madra sin."

Ní raibh fágtha anois chun slán a fhágáil acu ach Leni agus Poldi. Níor tháinig siad go dtí go raibh laghdú ar an ruaille buaille. Mar ní raibh ins an chéad traein a tháinig de réir amchláir ach inneall. Is

cosúil gur cailleadh na carráistí ar an tslí. Stop an t-inneall ag cur *gail as agus bhí an méid sin fothraim as nach raibh osnaí agus scairteanna na ndaoine míshásta le cloisteáil. Bhain Herr Huber a chaipín dá cheann agus chuir an bhratach ina phóca. Ba léir an *ghuaim a bheith caillte aige. Chuir beirt fhear a raibh a n-aghaidheanna smeartha le súiche a gceann amach as cabán an tiománaí agus d'fhéach ar na daoine a bhí ag fanacht. Thóg Herr Huber cúpla céim chun tosaigh, chaith siar a cheann agus tháinig torann aisteach as. Chlaon an tiománaí agus an fear tine a gcinn mar a gcéanna. Thuig siad Herr Huber gan focal ciallmhar a bheith ráite aige.

"Sea" arsa duine acu "Bhí traein cheart againn i dtús báire" arsa an duine eile. Faoi dheireadh d'éirigh le Herr Huber focal a rá "Ach …"

"Níl aon ach" a cheartaigh an fear tine.

"Tógadh na carráistí "lean an tiománaí air.

"Na Rúisigh a thóg iad" arsa an bheirt acu.

Rith Herr Huber isteach ina oifig. D'fhéadfaí é a chloisteáil tríd an fhuinneog oscailte ag cur glaoch le "hoifig níos airde."

"An gcuirfear tuilleadh carráistí?" a d'fhiafraigh sé agus is é féin a d'fhreagair, a ghuth ag briseadh "Ní chuirfear." Chuir sé ceist eile. "Cad is cóir dom a dhéanamh mar sin? Tá daoine ag fanacht anseo le trí sheachtain." D'éist sé leis an éisteoir, d'fhéach amach an fhuinneog ar na mná agus na páistí a bhí ag éisteacht gan fuaim gan fothram. "Cinnte is eisceacht

gal – *steam*
guaim – *self-control*

í" a dúirt sé agus tharraing é féin suas "Pléfidh mé é leis an tiománaí uasal. Táim buíoch díot, a dúirt sé, d'umhlaigh agus leag an t-éisteoir go cúramach ar an ngabhal. Bhog Bernd níos gaire do Tante Karla. Bhí Frau Pluhar agus Frau Trübner ina seasamh taobh thiar díobh agus ba thaca de short éigin iad. Bhrúigh Hundi é féin idir cosa Bhernd. D'fhan gach éinne ag fanacht le míniú. Níor tháinig sé. Dhreapaigh an tiománaí agus an fear tine anuas ón traein agus d'fhág an slua slí dóibh chun siúl go dtí an Huberach. Níor éirigh leis fiú beannú dóibh ná insint dóibh faoin nglaoch telefóin. Mhínigh an tiománaí go raibh siad ag fáil bháis den ocras. Níor ghlac éinne go dtí seo trua dóibh, níor tugadh anraith ná píosa aráin dóibh. Ach baineadh na carráistí díobh, praiseach cheart a bhí ann. Ach bhí práinn anois ann le rud a ithe nó thitfidís as a chéile. Níor ghá é sin. Ghlaoigh Frau Huber ón bhfuinneog. Ar chúis éigin bhí turban Fraulein Janowitz á chaitheamh aici. "Déanfaidh mé anraith tiubh a théamh díbh" a ghlaoigh sí "Tagaigí aníos!"

Ghoill *flaithiúlacht a mhná chéile ar Herr Huber; mheas sé go raibh sé i gcoinne órd agus eagair an iarnróid agus an amchláir.

"Cén fhad atá ceadaithe díbh stad?" a d'fhiafraigh sé den bheirt.

"Is cuma sa tsioc linn mar ní traein iomlán a thuilleadh muid, níl ionainn ach inneall."

Rinne sé sin ciall do Herr Huber.

Tháinig *maolú ar theannas an lucht feithimh. D'éirigh cúpla ban as an bhfanacht agus d'fhill lena

flaithiúlacht – *generosity*
tháinig maolú air – *it abated*

bpáistí go dtí an baile. D'imigh Tante Karla agus a cairde ar ais go dtí an binse. D'fhág siad an carr leis an mbagáiste ina sheasamh in aice leis an inneall ar eagla na heagla. De réir a chéile tháinig Bernd chuige féin. Gan féachaint suas, a aird iomlán ar an dtalamh, d'imigh sé ón lucht feithimh. Rith sé siar ar na ráillí ar a mbidís ag taisteal in éadan na gaoithe leis an Draisine. "Stop, stop" a ghlaoigh Tante Karla "cad tá ar siúl agat? Ní féidir leat imeacht anois Bernd!"

Stop sé, chas timpeall chuici. "An bhfuil cead agam súgradh ar feadh tamaill?"

"Níl cead agat, níl."

Chrom sé a cheann gan focal, shuigh síos ar imeall an chasáin agus tharraing ribí féir trína mhéara agus throid i gcoinne na ndeora.

Go tobann bhí siad ar an dá taobh de. *Tháinig siad aniar aduaidh air, Leni agus Poldi. D'éirigh leo teacht.

"Abhaile ón scoil agus anall anseo" arsa Poldi agus saothar anála air.

Tharraing Leni a gúna thar a glúine. "B'fhéidir go mbeidh oraibh fanacht anseo anois mar ní féidir taisteal le h-inneall amháin."

"Níl fhios agam."

"Ba bhreá liom é" arsa sí.

"Mise freisin" arsa Poldi. "D'fhéadfá dul ar scoil linn agus gheobhaidh sibh arásán ceart anseo cinnte.

"I dteach s'againne" arsa Leni agus ansin níos ciúine

tháinig siad aniar aduaidh air –
they came on him unawares

"Má thugann Papa cead." D'fhéach sí le breith ar a lámh. Tharraing sé siar í.

Thaitin Leni leis. Ach níor theastaigh uaidh fanacht. Bhí Herr Maier an draoi, a bhí sínte marbh sa choill, ag cur ruaige air go deo.

"Tá sé deas anseo," arsa Poldi "níor mhaith liom bheith áit ar bith eile."

"Bhí sé díreach chomh deas céanna in Brünn. Níos deise" Tharraing Bernd suas a chosa agus leag a smig ar a ghlúine. Agus é ag caint anois, bhraith sé gach fhocal: "Ach ní hé seo Brünn"

"Ní hé" arsa Leni go ciúin. Ní raibh sé cinnte ar thuig sí é.

"Tá fuadar futhu" Léim Poldi ina sheasamh, rug Leni greim arís ar lámh Bernd agus an uair seo bhrúigh sé go docht í. Bhí Herr Huber taréis theacht os comhair an staisiúin leis an tiománaí agus an fear tine agus d'ardaigh sé a lámh. "Éistígí liom!"

Lig Bernd do lámh Leni titim agus rith thar an chearnóg go Tante Karla. Bhí Hundi ina shuí go béasach in aice le Frau Pluhar amhail agus go raibh sé socraithe aige cheana fanacht léi.

"Tá cinneadh déanta againn na *rialacha a shárú. Ní féidir libh fanacht go deo" mhínigh Herr Huber. "Iarraim ar na máithreacha a bpáistí a thógáil. Tá ciall le sin mar a gheobhaidh sibh amach. Gan fothram le bhur dtoil."

Ghlaoigh na mná ar a bpáistí, lorg siad iad, tharraing chucu féin iad. Fiú Bernd, bhrúigh sé gar do Tante

na rialacha a shárú – *to infringe the rules*

Karla. "Tá sé i ndairíre anois."

"Is féidir le cúpla duine taisteal ar an inneall. Thuas in airde ar an ngual. De réir mar a thaistealóidh sibh, rachaidh sé sin i laghad. Tuigeann sibh é sin. Ach de bhrí go bhfuil sé baolach go leor agus go bhfuil an fhreagracht ar an tiománaí, tá socruithe againn go gcaithfidh máithreacha le páistí faoina dódhéag fanacht anseo." Is ar éigean a bhí níos mó na cogar ins an dá abairt deiridh a dúirt Herr Huber. Bhí fhios aige cad a tharlódh. Thimpeallaigh mná é, bhrúigh isteach air agus labhair leis.

"Tá tusa thar a dódhéag" arsa Tante Karla go ciúin. "Ní gá dúinn fiú bréag a insint."

Phléigh Herr Huber cúrsaí, thug leithscéal, ghabh pardún, ghlac Frau Huber trua agus chuimil Fraulein Janowitz na deora óna súile. Shocraigh an tiománaí agus an fear tine na paisnéirí go tapaidh . Mhínigh an tiománaí go gonta don bhfear óg má bhí fonn taistil air, go raibh air obair a dheanamh, cabhrú leis an bhfear tine. Ní raibh air é a rá faoi dhó. Chuir Leni a lámha timpeall ar Bhernd "Caithfidh mé póigín a thabhairt duit anois."

Ina dhiaidh sin chuir na mná a lámha timpeall air agus faisceadh an anáil as. Bhí boladh Juchten ar Fräulein Janowitz. Is cinnte go raibh an cumhrán faighte aici mar bhronntanas ó Herr Maier, a smaoinigh sé. Dhreapaigh siad ina dhuine is ina dhuine suas an dréimire caol ar thaobh an innill. Rinne Hundi tafann gearr, tirim, faoi dhó.

I ndeireadh na dála bhí seisear ban agus ceathrar páistí ina seasamh ar imeall an charn guail a bhí lasmuigh den doras a d'oscail an fear tine.

"Servus" a ghlaoigh na daoine thíos "Slán libh."

Sheas na mná agus na páistí, nach raibh cead acu taisteal, ar leataobh i ngrúpa.

D'ardaigh Herr Huber an bhratach, rinne feadaíl. Ar éigean a bhí sé le cloisteáil. Ach bhain an tiománaí feadaíl ollmhór as an inneall aige féin. Bhí siad ar a mbealach! Las Tante Karla toitín. "Fuair mé an paicéad mar mhalairt ar dhath beola."

D'oibrigh an fear tine agus an cúntóir go dícheallach ag tochailt agus ag líonadh an citil le gual.

"Caithfidh sibh greim a choimeád ar na páistí" a ghlaoigh an fear tine.

"Tá sé mar a bheadh sé os comhair tine ifrinn" arsa bean amháin, rinne gáire agus chuimil an dusta guail thar a haghaidh.

"Cén cúiteamh atá ag dul dúinn? Sin an cheist." Tharraing Tante Karla Bernd aníos chuici arís.

"Tógfaidh sé lá iomlán orainn sinn féin a ní," arsa cailín.

"Is féidir é sin a dhéanamh anocht in Krems, murb é gur cladhaire an tiománaí.

"Agus má tá go leor guail ann,"

Ní raibh radharc acu a thuilleadh thar imeall an innill.

Thug an t-inneall an t-ualach neamhgnáth go ceann scríbe, go Krems. Ag an deireadh fágadh ar an ardán iad mar bheart a ordaíodh agus nár bailíodh. Bhí an staisiún dorcha agus folamh.

"Tagaigí liom!"

Lean na mná agus na páistí an bheirt oibrithe iarnróid trasna na ráillí agus na n-ardán go dtí foirgneamh a raibh seomra níocháin ollmhór ann.

"Brostaigí. Níl thar leathuair a chloig agaibh" arsa an tiománaí, "ba mhaith liom scata muca beaga bándearga a fheiceáil ina dhiaidh sin. Buíochas le Dia nach raibh báisteach ann."

"Is daoine nua sinn" a dúirt Tante Karla ina dhiaidh agus bheartaigh sí a fhiosrú cathain a mbeadh traein ag imeacht go Wien nó ar a laghad i dtreo Wien. "Ní féidir le héinne ná le haon rud sinn a stopadh anois Primel."

CAIBIDIL A TRÍ DÉAG

Ina dhiaidh sin?

Tháinig siad faoi dheireadh. Mar a bhí i gceist ag Tante Klara – go Wien. Thaistil siad an chuid deiridh i dtraein a bhí ag dul "de réir amchláir". Bhí deireadh leis an bhfanacht. Fuair siad arásán. Fuair Tante Klara cara buan a raibh Bernd sásta leis, a dúirt sé. Chuaigh sé ar ais ar scoil taréis beagnach sos bliana agus bhí air a lán a dhéanamh suas. Ba theifigh iad ar dtús, ar nós a lán eile. Blianta ina dhiaidh sin, tugadh *saoránaigh nua orthu. Agus i ndeireadh na dála, comhshaoránaigh. Cé go bhfuil clann air féin anois, go dtí an lá inniú tagann Herr Maier an draoi go Bernd ina bhrionglóidí. Ní bhíonn focal uaidh sa bhrionglóid ach ní bhíonn sé riamh sínte marbh.

saoránaigh – *citizens*

Gluais

achar – distance
achasán – reproach; tugadh achasán dó – he was scolded
aclaí – agile; go haclaí – adroitly
aghaidh fidil – mask
aill – cliff
aingeal coimhdeachta – guardian angel
ainniseoir – a mean person
aoi – guest; aíonna – guests
airdeall – alertness; ar an airdeall – on the look out
aireach – attentive
aiseag – vomit
ait – strange; níorbh ait léi – she didn't find it strange
aithris – imitation; ag déanamh aithrise – copying
aitigh ar – persuade
allas – sweat, perspiration
athchóiriú – rearrangement
athrú meoin – change of attitude
bá – drowning
bagair – threaten
balbhán – dumb person
ballóga – ruins, roofless houses
bealach éalaithe – way of escape
blosc a bhaint as na méara – to snap one's fingers.
boladh céarach – smell of wax
bolg le gréin a dhéanamh – to sunbathe
bóna – collar
bonn – sole of shoe
bradach – thieving

broim – fart
buille scoir – finishing touch
bunriachtanas – bare necessity
bunús – basis
caidreamh cairdiúíl – friendly relationship
caimiléireacht – dishonesty
caitear linn – we are treated
capall uisce – hippopotamus
carnadh – accumulating, piling up
carthanacht – charity
cathaoir infhillte – folding chair
catóir – curler
ceann scríbe – destination
céadcheap – invent
claon an ceann – nod
ciall – sense
cladhaire – villain, trickster
cneá – wound
cneamhaire – rogue
cneas – skin
coir – crime
coiréal – quarry
colainn – body
corr – odd, strange
corraithe – agitated
coscán – brake
crágshnámh – crawl
crith – shiver
critheagla – quaking fear
crónán – buzzing noise
cruit – hump
cúiteamh – retribution

cumhrán – perfume
cuntar – counter
cúr – foam
dáileadh – to distribute
éiligh – demand
faisc – press, squeeze
feidhmiú – to work
folmhaigh – empty
daoscarshlua – rabble
deannachúil – dusty
dídean – shelter
draidgháire – grimace
dríodar – dregs
dubh dóite de – heartily sick of
dúshlán a thabhairt – to defy
earraí – goods
eorna – barley
fairsinge – expanse
faiteadh na súl – twinkling of an eye
fánach – stray
feadaíl – whistling
fealltóirí – traitor
folmhaigh – empty
francach – rat
fréamh – root
fuinniúil – energetic
gal – steam
gealt – lunatic
géarleanúint – persecution
geasa – spell
geoin – whimper
ghéill sé – he gave in, yielded

gread – strike
glugar – gurgling sound
gothaí – appearance, pose
gránáid – hand-grenade
grinneall láibe – muddy bottom
guaim – self-control
giorracht – nearness; i ngiorracht dó – close to
idirdhealú – distinction
impigh – beg, beseech
ioscaid – hollow at back of knee
iúl – knowledge; cur in iúl – inform
ladhrog – catch-point, switch on railway
lámhach – shoot
leamh – dull
leisciúlacht – laziness
leithleasach – selfish
leithscéal – apology; leithscéalach – apologetically
log – hollow
luas lasrach – lightning speed
maide – stick, pole
malartú – exchange
matáin – muscles
meá – to weigh; á meá – weighing them
méanar – happy; is méanar dúinn – it is well for us
meatachán – coward
meirg – rust
moilligh – slow down
mí-fhoighneach – impatient
minseach bhréagchráifeach – sanctimonious
nannygoat
murlán – handle
naimhde – enemies

neamhaird – disregard
neamhurcóideach – harmless
óinseach – foolish woman
osna – sigh; lig sí osna – she sighed
plodaigh isteach – crowd into
plódaithe – crowded
rábhadh – warning
raithneach – bracken
ransaigh – ransack, rummage
réiteach – clearance
reoite – frozen
righin le sceoin – stiff with terror
ruaigeadh – to chase
samhailt – imagining
saoránach – citizen
scaoileadh urchar – a shot was fired
scaoth – swarm
sceitimíneach – excited
scig-gháire – giggling laugh
 sclógáil gaire – chuckling laugh
scrobarnach – undergrowth
searradh – stretching or loosening of limbs
seasmhacht – steadfastness
seodra – jewellery
sac – thrust
seachain – avoid
siléar – cellar
síp – jeep
sliogán – shell
sólás – consolation
spalpadh na gréine – glare of the sun
srannadh – snoring

sreang dhealgach – barbed wire
(ina) steillbheatha – as large as life
taca – prop, support; chuir sé cos i dtaca – he
refused to budge
táchtadh – to suffocate
tafann – barking
taibhreamh – dream
tairiscint – offer
tairseach – threshold
teagmháil – contact
tearmann – sanctuary
teifeach – refugee
teorainn – border
thabharfadh sí an leabhar – she would swear
tháinig maolú air – it abated
théaltaigh sé – he sneaked
theip ar a croí – her heart failed
tuirling – descend
togha áite – an excellent place
trá – ebbing
treallchogaithe – guerrillas
treascair – knock down, overthrow
tuaiplís – blunder
uaigh – grave
uillinn – arm of chair, elbow
umhlaigh – bow
urlacan – vomit; rinne sé urlacan – he vomited